KB042721

현대무림

초판 1쇄 인쇄일 2018년 1월 17일 | 초판 1쇄 발행일 2018년 1월 22일

지은이 조휘 | 펴낸이 곽동현 | 담당편집 팀장 이범수
편집부 신연제 김예리 이윤아 홍현주 김유진 조서영 임소담 정요한 김미경 박수빈

펴낸곳 (주)조은세상 | 출판등록 제2002-23호
주소 경기도 연천군 미산면 청정로 1355
TEL 편집부 02)587-2966 | FAX 02)587-2922
e-mail bukdu@comics21c.co.kr

조휘 ⓒ 2018
ISBN 979-11-6171-611-4 | ISBN 979-11-6171-609-1(set) | 값 8,000원

※잘못 만들어진 책은 바꿔 드립니다.
※저자와의 협의에 의해 인지는 생략합니다.

현대무림

조휘 현대판타지 장편소설 2

NEO MODERN FANTASY STORY

북두
두
(주)좋은세상

조휘 현대판타지 장편소설

NEO MODERN FANTASY STORY

CONTENTS

1장. 과거의 편린(片鱗)

한세동의 암습은 대성공을 거두었다.

펑!

가슴에 일장을 맞은 우건은 피를 뿌리며 뒤로 날아갔다.

콰콰쾅!

끈 떨어진 연처럼 날아간 우건은 뒤에 있는 야자수 두 그
루의 밑동을 완전히 박살낸 후에야 신형을 멈출 수가 있었
다.

한세동은 신법을 펼쳐 쫓아가며 우건의 상태를 살폈다.

한 손으로 바닥을 지탱한 우건이 천천히 일어서는 중이
었다.

"어림없다!"

한세동은 다시 한 번 기습을 가하려 했다.

우건은 현재 빈틈투성이나 다름없었다.

지금 다시 기습하면 어렵지 않게 없앨 자신이 있었다.

그때였다.

한세동이 살기를 머금은 순간, 날카로운 예기 한 가닥이 미간을 훅 찔러왔다. 화들짝 놀란 한세동은 멀찍이 몸을 피했다.

한세동의 얼굴이 경악으로 일그러졌다.

"의형살인(意形殺人)인가?"

의형살인은 형체가 없는 살기를 유형화해 상대를 공격하는 초절정 수법으로 천하에 단 몇 명만이 펼칠 수가 있었다.

정작 우건은 자신이 의형살인을 펼친 사실을 전혀 알지 못했다. 그는 한세동의 치졸한 수에 분노했다. 그리고 그 분노를 밖으로 드러냈을 뿐이었다. 아마 다시 하라면 못할 터였다.

어쨌든 덕분에 목숨을 건졌다.

손등으로 입가의 피를 닦은 우건은 씩 웃었다.

"제법 매서운 일격이었다."

한세동은 미간에 잔뜩 힘을 주었다.

주름 하나 없는 그의 깨끗한 이마를 지렁이가 기어가는 듯했다.

한세동은 원래 치졸한 수법을 쓰는 하류잡배가 아니었다. 한창 활약하던 시기에는 독공을 익힌 고수 중에 능히 세 손가락 안에 들어간다는 평가를 받은 일문의 종사(宗師)였다.

한세동은 우건이 제천회에 쳐들어왔던 날, 구석진 자리에 있던 탓에 그와 손속을 나누어볼 기회가 없었다. 그날 대청을 지키던 100여 명의 고수 중에 열 손가락 안에 꼽히는 검귀(劍鬼) 소우(蘇雨), 패천도(敗天刀) 강익(姜翼) 등이 우건을 상대했다. 나머지는 그저 숫자를 채우는 용이었다.

그러나 꼭 손속을 나누어야 그 무서움을 아는 것은 아니었다. 더욱이 불과 3년 활동했을 뿐이지만 우건에겐 불용선(不容仙), 혈검선(血劍仙), 해동살귀(海東殺鬼) 등의 무시무시한 별호가 따라다녔다. 실제로 그날 우건은 별호에 맞는 신위를 보였다. 소우, 강익 등의 협공을 돌파해 조광의 숨통을 끊는 데 성공했다. 물론 우건이나, 우건의 발길을 저지하던 100여 명의 고수들이나 속은 건 마찬가지였지만.

그로부터 30년의 세월이 흐른 지금, 한세동은 예전의 한세동이 아니었다. 오히려 최근에 큰 성취를 얻은 한세동은 상대가 누구든 자신 있었다. 이렇듯 여유 넘치는 모습으로 특무대가 도착하길 기다린 이유 역시 넘치는 자신감에 기인했다.

한데 상대는 특무대가 아니었다.

그를 두려움에 떨게 했던 혈검선 우건이 상대였다.

당시에 느낀 두려움이 너무나 생생한 한세동은 우건이 충격을 받아 흔들리는 모습을 보인다싶은 순간, 바로 기습했다.

우건에 대한 본능적인 두려움이 일대종사를 자처하는 한세동에게 암습이란 치졸한 수를 감행하도록 만든 상황이었다.

한편, 우건은 천지조화인심공을 운기해 내부를 살폈다.

뾰족한 바늘이 단전을 콕콕 찌르는 듯했다. 기혈은 용암처럼 들끓어 입을 벌리면 피와 함께 탁한 기운이 쏟아질 듯했다.

한세동의 방금 한 수는 정말 아찔했다.

부동심이 깨지지 않은 덕분에 재빨리 호신강기를 일으킬 수 있었다. 호신강기가 아니었으면 일장에 즉사했을 터였다.

'30합을 겨루기 전에 끝내야한다.'

우건은 마음을 굳게 먹었다.

내력을 소진하기 전에, 그리고 내상이 심해지기 전에 승부를 봐야했다. 다른 사람이라면 초조해 미칠 상황이었다. 그러나 우건은 조건이 나쁠수록 집중력이 강해지는 성격이었다.

우건이 가장 자신하는 무공은 천지검과 태을진천뢰였다.

그러나 그 두 무공은 위력이 뛰어난 대신에 내력의 소비가 막심했다. 10합을 채 넘기지 못할 가능성이 아주 높았다.

그렇다면 내력의 소비를 줄임과 동시에 치명적인 일격을 가할 수 있는 방법이 필요했다. 다행히 우건은 정답을 알았다. 위험을 감수한 상태에서 펼치는 접근전이 정답이었다.

우건은 결심을 굳혔다.

한세동은 우건의 내상 정도를 살피며 내력을 끌어올리는 중이었다. 그의 몸 주위에서 녹색 연기가 아지랑이처럼 피어올랐다. 혈독자 최혁권이 선보인 녹화수의 전조(前兆)였다.

물론 최혁권과 한세동의 녹화수는 그 위력이 천양지차였다.

우건은 수중의 검을 중단으로 끌어올렸다. 그리고는 오른발을 앞으로 내밀어 한세동의 상체 요혈 10여 군데를 겨누었다.

천지검의 기수식 인답장도였다.

한세동은 오른손을 내밀어 우건의 검이 가리키는 요혈을 방어했다. 아지랑이처럼 올라오는 녹색 연기가 급기야 녹색 불꽃처럼 활활 타오르며 한세동의 전신을 감싸기 시작했다.

쉭!

우건은 섬영보를 펼쳐 접근하며 수중의 검을 살짝 흔들었다. 그 순간, 검봉에 새하얀 광채 하나가 번쩍하며 피어올랐다.

"차앗!"

기합을 지른 한세동은 오른손을 채찍처럼 휘둘렀다. 한세동의 손에서 풀려나온 녹색 불꽃이 방패처럼 장막을 만들었다.

그러나 우건이 펼친 초식은 천지검의 쾌검식 생역광음이었다.

늦었다 판단한 한세동은 급히 머리를 틀었다.

치익!

귓불 한 움큼이 잘려 나갔다.

그러나 그 정도의 피해로는 한세동을 당황하게 하지 못했다. 한세동은 즉시 녹화수의 절초 칠성수천(七星垂天)으로 반격했다. 녹색 불꽃 일곱 개가 전방을 찬란하게 수놓았다.

칠성수천은 단순한 방어초식이 아니었다.

펑펑펑펑펑펑펑!

일곱 번의 폭음이 연달아 울리더니 허공을 수놓았던 녹색 불꽃 일곱 개가 순차적으로 폭발했다. 폭발은 위력이 엄청났다. 반경 3장 안의 땅이 뒤집어지며 큰 구덩이가 생겼다.

한세동은 거기서 멈추지 않았다. 이번 한 수로 혈검선을 없앨 수 있을 거라는 생각은 애초에 하지 않은 듯한 모습이었다.

한세동은 녹화수의 절초를 연이어 전개했다. 녹사휘룡(綠蛇捕龍), 심연주선(深淵惹仙), 만마오세(萬魔傲世)를 펼치는 순간, 더 짙어진 녹색 불꽃이 때론 채찍처럼, 때론 우박처럼 지상을 휩쓸었다. 아름드리거목이 불길에 휩싸여 타올랐다. 시내에 흐르던 물은 수증기를 피워 올리며 말라갔다.

손을 멈춘 한세동은 안력을 끌어올려 우건을 찾았다.

한데 우건이 보이지 않았다.

사방 10여 장이 녹화수의 독에 녹아 형체를 잃어버렸지만 우건을 없애기에는 위력이 약했다. 한세동은 자기 직감을 믿었다. 녹화수의 독기는 대단했다. 자화자찬이 아니었다. 그러나 혈검선을 흔적 없이 녹여버릴 위력은 결코 아니었다.

한세동의 눈에 초조함이 깃드는 순간.

파아앗!

1장 앞에서 흙더미가 치솟았다. 그리고 빗물처럼 흘러내리는 흙더미 속에서 새하얀 광채 하나가 섬전처럼 뻗어 나왔다.

"하앗!"

기합을 지른 한세동이 녹화수의 절기를 다시 펼쳤다.

한세동의 손에 어려 있는 녹색 불꽃이 무지개처럼 뻗어 나왔다.

수발녹예(手發綠霓)라는 이름에 걸맞은 위력이었다.

수발녹예는 한세동이 자랑하는 녹화수의 삼절초 중 하나였다.

우건의 기습이 매섭긴 하지만 수발녹예의 절초라면 그 기습을 무위로 돌리기에 충분할 듯했다. 아니, 무위로 돌리는 수준을 넘어 우건 본신에 커다란 충격을 줄 수 있을 듯했다.

그러나 녹색 불꽃이 만든 무지개가 새하얀 광채와 부딪치는 순간, 무지개는 마치 두부처럼 손쉽게 중간이 잘려나갔다.

강물을 거슬러오는 연어처럼 무지개 사이를 갈라오는 새하얀 광채를 보며 한세동은 철판교의 신법으로 상체를 젖혔다.

촤악!

한세동의 은발(銀髮)과 살점이 한 움큼 날아갔다.

지독한 통증이 엄습했다.

그러나 대적 경험이 많은 한세동은 본능적으로 손을 뻗었다. 여기서 물러서면 상대의 선공에 휘둘리다가 쓰러질 터였다.

한세동의 오른손에 맺힌 녹색 불꽃이 채찍처럼 길게 늘어지더니 어지럽게 움직이는 우건의 신형을 감아왔다. 녹화수의 삼대절초 중 두 번째 초식인 녹편주룡(綠鞭誅龍)이었다.

과연 절초는 절초였다.

녹색 불꽃이 만든 채찍은 비응보로 솟구치는 우건을 쫓아와 기어코 왼다리를 감는 데 성공했다. 우건은 호신강기를 발출해 채찍이 살갗에 닿지 못하게 만들었다. 그리고 수중의 검을 일검단해 방식으로 찔러 채찍 가운데를 잘라갔다.

채찍은 너무나 쉽게 두 조각으로 잘려 날아갔다. 우건이 재차 반격하려는 순간, 잘린 채찍이 우건의 오른다리를 감아왔다.

우건의 왼다리와 오른다리가 순식간에 녹색 불꽃이 만든 채찍에 감겨 강제로 끌려 내려왔다. 우건은 그제야 채찍이 일검단해에 잘린 게 아니라, 스스로 끊어졌단 사실을 알았다.

그 증거로 한 번 더 잘린 채찍은 곧 네 개로 변해 우건의 양팔을 감아왔다. 순식간에 사지가 채찍에 붙잡힌 셈이었다.

우건은 천지조화인심공을 전력으로 운기해 채찍을 떼어 내려 했다. 그러나 채찍을 이루는 녹색 불꽃은 색이 조금 약해졌을 뿐, 떼어내는 데는 결국 실패했다. 우건은 호신강기로 녹색 채찍이 살갗에 닿지 못하게 하는 데 주력했다. 채찍이 살갗에 닿으면 그 독이 사지의 감각을 마비시킬 터였다.

"끝이다!"

한세동은 몸을 날리며 문고리를 돌리듯 오른손을 비틀었다.

그 순간, 한세동의 오른손에 맺힌 녹색 불꽃이 회오리처럼 회전하더니 채찍에 묶여 있는 우건의 심장을 곧장 찔러갔다.

우건은 심장을 향해 짓쳐오는 회오리 모양의 녹색 불꽃을 보며 머리카락이 쭈뼛 섰다. 녹색 채찍에 사지가 잡혀 있어 피할 방법이 없었다. 호신강기 역시 이젠 거의 한계였다.

한세동은 그 모습을 보며 득의의 미소를 지었다.

그가 이번에 펼친 초식은 녹화수의 삼대절초 중 마지막 초식인 녹선풍류(綠旋風流)였다. 녹편주룡과 함께 펼치는 초식으로 녹편주룡이 적을 붙잡아 두면 호신강기를 파훼 가능한 녹선풍류가 적의 심장을 재로 만들어버리는 수법이었다.

우건은 고민할 틈이 없었다.

녹선풍류가 만든 녹색 회오리가 이미 심장 가까이 이르러 있었다. 이해득실을 따져가며 행동할 상황이 전혀 아니었다.

우건의 눈에 신광이 번쩍이는 순간.

우건의 몸을 보호해주던 호신강기가 씻은 듯이 사라졌다. 당연히 녹색 불꽃이 만든 채찍이 우건의 사지를 휘감았다.

치이익!

살이 타며 역한 냄새가 풍겼다.

그러나 화상의 고통은 약과였다.

그보다는 채찍의 독기가 주는 고통이 훨씬 심했다.

손목과 발목에 있는 주요 혈도가 벌써 독에 당한 상태였다.

우건에겐 정말 시간이 없었다.

여기서 시간을 좀 더 지체하면 녹화수의 독이 단전과 심장, 뇌로 침입할 터였다. 우건은 호신강기에 사용한 내력으로 금선탈각(金蟬脫殼)을 펼쳤다. 마치 매미가 탈피(脫皮)하듯 앞으로 몸을 뽑아 올렸다. 그때, 녹선풍류가 만든 회오리가 우건의 심장을 뚫었다. 한세동의 입가에 미소가 번졌다.

그러나 미소가 의아함으로 바뀌는 데 걸린 시간은 촌각에 불과했다. 녹선풍류의 회오리가 관통한 물체는 우건이 아니었다. 우건이 금선탈각을 펼쳐 만들어둔 잔상(殘像)이었다.

17

"헛!"

한세동은 정수리에 세찬 경풍이 쏟아지는 느낌을 받았다. 급히 고개를 드는 순간, 사지에 녹색 불꽃을 매단 우건이 검을 찔러오는 모습이 보였다. 한세동은 양손을 번갈아 휘둘렀다. 녹색 불꽃이 그물처럼 서로 얽히며 방어막을 형성했다.

녹화수의 구명절초인 녹망포뢰(綠網包雷)였다.

파앗!

그러나 우건은 이미 녹화수의 독에 중독당한 상태였다. 녹망포뢰가 만들어낸 독연(毒煙) 따위는 이미 그의 안중에 없었다.

파팟!

녹색 불꽃이 만든 그물을 단숨에 돌파한 우건이 검을 잡은 손에 내력을 잔뜩 가했다. 그 순간, 엄청난 섬광과 함께 검이 박살났다. 그리고 박살난 검의 파편 수백 개가 모기떼처럼 위잉하는 소리를 내며 한세동의 전신 요혈을 찔러갔다.

한세동은 요처를 막으며 호신강기를 끌어올렸다.

한세동의 내력은 엄청났다.

녹색 불꽃이 한세동의 몸을 감는 순간, 파편 수백 개가 횃불에 뛰어든 모기떼처럼 녹아 없어지거나, 바닥에 떨어졌다.

한세동이 호신강기를 푸는 순간, 황금색 꼬리를 매단 금선 하나가 미간을 찔러왔다. 한세동은 급히 고개를 옆으로 틀었다.

오른뺨에 있는 두툼한 살이 움푹 파여 나갔다.

한세동은 눈앞이 흐려질 정도로 엄청난 극통을 느꼈다.

그때, 비룡번신의 수법으로 허공에서 몸을 뒤집은 우건은 선풍무류각의 풍우각으로 한세동의 얼굴을 걷어차기 시작했다.

한세동은 급히 녹화수로 얼굴을 보호했다.

콰콰콰콰쾅!

폭음이 순식간에 열여섯 번 울렸다.

우건이 몸을 띄운 상태에서 열여섯 번 연속 걷어찬 것이다.

한세동은 얼굴을 찡그리며 연신 뒤로 물러섰다.

우건의 각법에 실린 경력(勁力) 때문에 골이 흔들렸다.

풍우각의 공세가 끝나는 순간, 한세동은 왼손으로 흑수투심장을 펼쳐 우건의 어깨를 쳐왔다. 임도건에게 흑수투심장을 가르친 사람이 자신임을 입증하듯 맹렬한 장력 속에서 지독한 음기(陰氣) 한 가닥이 독사처럼 은밀히 기어나왔다.

그러나 한세동이 펼친 회심의 일격은 허공을 쳤을 뿐이었다.

다시 한 번 금선탈각 수법으로 몸을 밑으로 날린 우건은 바닥에 바짝 붙어 선풍무류각의 연환각을 펼쳐갔다. 우건의 다리가 마치 풍차처럼 회전하며 한세동의 다리를 쳐갔다.

한세동은 급히 신법을 펼쳐 물러섰지만 한발 늦었다.

콰직!

연환각이 한세동의 무릎 뼈를 박살냈다.

한세동의 몸이 한쪽으로 크게 기울었다.

그때, 벌떡 일어난 우건이 양손의 손가락을 번갈아 찔러갔다.

그림자와 소리가 없는 지풍, 무영무음지였다.

대적 경험이 풍부한 한세동은 심상치 않은 느낌에 급히 1장 옆으로 이동했다. 그러나 무영무음지의 지풍은 한세동의 온몸에 구멍을 뚫었다. 요혈은 피했지만 출혈이 적지 않았다.

크르릉!

한세동이 급히 균형을 잡으려는 찰나, 천둥치는 듯한 굉음이 들려왔다. 태을문 비전 태을진천뢰가 내는 소리였다. 한세동은 가진 내력을 전부 끌어 모아 태을진천뢰에 맞서갔다.

콰아아아아앙!

엄청난 폭음과 함께 한세동이 피를 뿌리며 뒤로 5장여를 날아갔다. 여력이 엄청나 한세동과 부딪친 아름드리나무가 뿌리째 뽑혀 나왔다. 우건은 급히 따라가며 양 손으로 태극 문양을 만들어 앞으로 뻗었다. 그 순간, 푸른색과 붉은색 강기가 서로를 감으며 바닥으로 떨어지는 한세동을 덮쳤다.

강기를 맞은 한세동은 몸을 부르르 떨다가 움직임을 멈췄다.

우건이 방금 펼친 절기는 태을문 최강 수공이라 평가받는 태을음양수(太乙陰陽手)였다. 태을문 반도 조광이 태을음양수로 제천회를 수중에 넣은 적이 있을 만큼 위력이 남달랐다.

우건의 현재 성취는 사부 천선자와 반도 조광에 비할 바 아니었다. 그러나 한세동의 질긴 목숨을 끊는 데는 충분했다.

한세동이 쓰러지는 순간, 그가 내력을 공급해주던 녹편주룡의 채찍 역시 함께 풀어지며 허공으로 사라졌다. 우건은 급히 팔과 다리에 있는 혈도를 점해 독이 뇌와 심장으로 올라오지 않게 조치했다. 만일, 한세동을 제때 쓰러트리지 못했으면 지금쯤 녹화수의 독이 뇌와 심장을 녹였을 터였다.

사실, 우건은 한세동이 무영무음지를 피했을 때 절망했다. 녹화수의 독을 더 이상 제어하기가 힘든 상황이었던 것이다.

한데 전혀 생각지 못한 부분에서 커다란 도움을 받았다.

우건이 작전 제독을 시작하기 전, 부팀장의 지시를 받아 혀 밑에 넣어둔 피독주가 녹화수의 독을 막아내며 태을진 천뢰와 태을음양수를 연달아 펼칠 수 있는 시간을 벌어주었다.

우건은 피독주를 꺼내 살펴보았다.

가진 공능을 다한 듯 피독주는 하얗게 변해 있었다.

싸구려라 생각해 별 신경을 쓰지 않은 피독주가 그의 목숨을 한 차례 구해준 상황이었다. 우건은 피독주를 바닥에 버렸다. 이미 공능을 다해 지금은 쓸모없는 구슬일 뿐이었다.

우건은 바닥에 쓰러져 꼼짝 않는 한세동에게 걸어갔다.

한세동의 내력은 우건의 예상을 훨씬 뛰어넘었다.

태을음양수에 맞는 순간, 그가 즉사했을 거라 생각했다.

한데 아니었다.

한세동은 선천지기까지 끌어올려 명줄을 붙잡는 데 성공했다.

물론, 그 시간이 길지는 못했다.

한세동의 몸 오른편은 붉은색, 왼편은 푸른색으로 덮여 있었다. 태을음양수에 당했을 때 나타나는 전형적인 증상이었다.

우건을 본 한세동의 얼굴이 부르르 떨렸다.

"무, 무공을 회, 회복했었나?"

"운이 좋았소."

우건은 솔직한 심정을 담아 대답했다.

그러나 한세동은 우건이 겸양을 떠는 줄 아는 듯했다.

한세동의 얼굴에 짙은 회한이 떠올랐다.

"각, 각고(刻苦)한 세월이 너무나 허망하구나."

우건은 그의 회한을 들어줄 마음이 없었다.

"양의미진진에 갇혀 있던 자가 모두 넘어왔다는 말이 사실이오?"

죽음의 그림자가 짙게 드리운 한세동이 더듬거리며 대답했다.

"사, 사실이네. 아, 아마 자네가 마지막일 게야."

"그럼 나머지 사람들은 지금 어디에……?"

우건은 질문을 마치지 못했다.

한세동의 고개가 꺾인 것이다.

한세동이 죽는 순간, 그의 몸 오른편은 불길에 타올라 재로 변했다. 그리고 왼편은 얼음처럼 얼었다가 산산이 부서졌다.

한세동이란 일세의 고수가 한 줌 재로 사라지는 데는 오랜 시간이 걸리지 않았다. 우건은 한숨을 쉬며 고개를 들었다.

우건의 몸 상태는 최악이었다.

독을 막아두긴 했지만 임시방편일 뿐이었다.

더구나 임도건 등을 상대할 때 입은 내상이 더욱 심해져 내기가 들끓는 중이었다. 최악의 상황을 맞이하기 전에 운기요상에 들어가야 했다. 그러나 시간은 우건의 편이 아니었다.

한세동이 만든 일월양루의 일(日)에 해당하는 일양루의 저항을 분쇄한 특무 3팀이 팀장을 선두로 정원에 막 진입했다.

우건은 그들을 피해 정원 안으로 들어갔다.

야자수에 둘러싸인 팔각정 지붕이 보였다.

우건은 팔각정으로 몸을 날리며 뒤를 돌아보았다.

정원에 진입한 특무대는 한세동이 만들어 놓은 폐허 앞에서 갈팡질팡하는 중이었다. 한세동은 죽었지만 그가 죽기 전에 펼친 녹화수의 여운은 아직 사라지지 않은 상황이었다.

독을 먼저 제거하지 않으면 진입이 어려웠다.

시간이 필요한 우건에게는 다행이 아닐 수 없었다.

팔각정에 도착한 우건은 주위를 둘러보았다.

바닥에 직사각형 모양 철판이 있었다.

우건은 철판 틈에 손가락을 넣어 당겼다.

그러나 문은 꿈쩍하지 않았다.

'그렇다면 다른 방법으로 열어야한다는 말이군.'

우건은 다시 선령안을 펼쳐 팔각정 내부를 살폈다.

얼마 지나자 않아 팔각정 내부를 받치는 기둥 하나가 다른 기둥과 다르단 사실을 알아냈다. 우건은 자세히 관찰했다.

기둥 중간에 정사각형 모양으로 생긴 홈이 있었다.

우건은 지체 없이 홈을 눌렀다.

홈이 안으로 들어가는 순간, 기계가 움직이는 소리가 들려왔다. 그리고 그와 동시에 팔각정 바닥에 있는 철문이 밑으로 내려갔다. 우건이 본 철판은 문이 아니었다. 승강기였다.

우건은 내려가는 승강기 위로 뛰어내리며 감각을 끌어올렸다. 다른 사람의 기척은 느껴지지 않았다. 3, 4장을 내려왔을 무렵, 승강기가 멈추더니 앞을 막은 문이 좌우로 열렸다.

우건은 들끓는 기혈을 애써 달래며 승강기 밖으로 걸어나왔다.

한세동이 평소에 쉬는 공간인 듯 붉은 융단이 깔린 화려한 거실이 눈에 들어왔다. 거실을 장식한 가구와 각종 전자제품은 모두 최고급이었다. 물론, 우건은 가구와 전자제품을 잘 알지 못했다. 그저 풍기는 느낌이 그렇다는 말이었다.

거실을 나와 출구로 보이는 통로로 들어갔다. 조명이 밝힌 통로를 따라 3장을 걸어갔을 무렵, 길이 두 개로 나뉘었다.

하나는 비스듬히 위로, 그리고 다른 하나는 비스듬히 아래로 이어졌다. 두 길 중 하나는 출구로 이어진 길이 분명했다.

우건은 잠시 고민했다.

그러나 그 고민이 아주 길지는 않았다.

우건은 어떻게든 안전한 장소를 찾아 운기요상을 해야 했다.

때를 맞추지 못하면 녹화수의 독에 회복 불가능한 치명상을 입거나, 들끓는 내기가 폭발해 주화입마에 빠질 수 있었다.

우건은 위로 이어진 길을 택했다.

'지하로는 이미 충분히 내려왔다. 출구가 있다면 위쪽일 것이다.'

그러나 실수를 깨닫는 데는 그리 오랜 시간이 걸리지 않았다.

길 끝에는 출구가 없었다. 대신에 쇠창살에 막혀 있는 감옥이 하나 보였다. 그리고 감옥 안에는 죄수가 한 명 갇혀 있었다.

우건이 내는 발소리를 듣기 무섭게 앉아 있던 죄수가 벌떡 일어나 쇠창살 앞으로 달려왔다. 그러나 쇠창살을 잡진 않았다. 쇠창살을 잡으면 큰일이 나는지 멀찍이 떨어져 외쳤다.

"한세동! 이 똥물에 튀겨죽일 새끼! 이번에는 또 무슨 개수작으로 나를 희롱하려드는……. 어라, 넌 한세동이 아니네."

한세동에게 욕을 퍼붓던 죄수가 고개를 갸웃거렸다.

그때, 우건이 고개를 돌려 죄수를 보았다.

죄수는 신기하게 생긴 중년사내였다. 마치 원숭이가 사람의 옷을 입은 듯한 모습이었다. 전형적인 원숭이 상에 팔역시 비정상적으로 길어 손가락이 무릎에 닿을 지경이었다.

우건은 미간을 찌푸렸다.

그는 죄수를 알았다.

죄수 역시 어렵지 않게 그를 알아본 모양이었다.

"너, 넌 혈, 혈검선!"

죄수는 쾌수(快手) 원공후(猿公后)였다.

우건이 중원 무림을 행도할 때, 두어 차례 만난 적이 있었다.

물론, 화기애애한 만남은 아니었다.

쾌수 원공후는 도둑질과 사기도박으로 유명했는데 한 번은 원공후가 우건의 짐을 훔치려다가 발각된 적이 있었다.

원공후 역시 무림에서 한가락 하는 실력의 보유자였지만 우건의 몇 수에 마혈이 제압당해 죽을 위기에 처했다. 지금이라면 팔다리 중 하나를 잘랐을 테지만 당시 우건은 강호 초행이라, 아직은 세상을 순수한 시선으로 바라볼 때였다.

우건은 몇 마디 좋은 말로 훈계한 후에 보내주었다.

두 번째 만남은 어느 무림집회에 참석했을 때였다. 그를 본 원공후가 부리나케 도망치는 바람에 제대로 볼 기회가 없었다.

한데 그런 원공후가 이곳에 있다는 말은 그 역시 한세동처럼 태을양의미진진에 갇혀 있었다는 뜻이었다. 한세동이 죽은 지금, 우건에게 그날 일을 설명해줄 수 있는 유일한 사람이 원공후였다. 그러나 지금은 우건의 상태가 좋지 않았다. 궁금한 점은 많지만 그게 목숨보다 더 중요하진 않았다.

출구가 없는 모습을 확인한 우건은 곧 발길을 돌렸다.

"곧 특무대가 올 거요. 왜 잡혔는진 모르겠지만 그들에게 풀어 달라 하시오. 못 다한 이야기는 풀려난 다음에 합시다."

원공후가 버럭 소리쳤다.

"특무대가 올 거라고? 그럼 한세동은?"

"한세동은 죽었소."

원공후가 광소를 터트렸다.

"으하하, 똥물에 튀겨죽일 새끼가 결국 혈검선 손에 죽었구나!"

고개를 슬쩍 저은 우건은 왔던 길로 돌아갔다.

위가 아니라면 아래일 터였다.

그때였다.

원공후가 다급한 목소리로 고래고래 고함을 질러댔다.

"이보게! 나를 구해주게! 그럼 한세동의 비밀을 알려주 겠네! 한세동과 싸워본 자네라면 그가 2갑자 내력을 축기 할 수 있었던 이유가 궁금할 것이네! 어떤가! 궁금하지 않 은가!"

원공후는 우건의 발길을 붙잡기 위해 최선을 다했다.

그러나 우건은 개의치 않는 듯 계속 걸음을 옮겼다.

그 모습을 본 원공후는 더 다급해졌다.

"나, 나를 구해주면 내가 가진 재산을 다 주겠소. 아니, 당신을 평생 주공으로 모시겠소. 하늘에 맹세코 거짓이 아 니오!"

말을 마친 원공후는 우건을 주공으로 모시겠다는 자신의 말을 지키려는 사람처럼 바닥에 엎드려 절을 올리기 시작 했다.

그러나 이번 읍소 역시 우건의 발길을 멈추는 데는 실패 했다.

벌떡 일어난 원공후가 화가 난 듯 삿대질을 시작했다.

"이 후레자식 같으니라고! 나잇살 먹은 어른이 이렇게 까지 나왔으면 모르는 척 따라줘야 하는 게 인지상정 아니 더냐! 육시할 놈 같으니라고! 에잇, 퉤! 네놈은 곱게 죽긴

틀렸어! 마음보를 그딴 식으로 쓰는 놈에게 하늘이 편안한 죽음을 선사할 리 없지! 벼락을 맞아 콱 뒈져 버렸으면 좋겠구나!"

한창 신나게 저주를 퍼부어대던 원공후는 눈앞에 시커먼 인형이 나타나는 모습을 보았다. 물론, 그 사람은 우건이었다.

그 모습에 화들짝 놀란 원공후는 다시 바닥에 엎드렸다.

"은공께서는 역시 대자대비하기가 부처님 못지않으시군요! 이 노복(老僕)은 하늘에 맹세코 주공을 의심한 적 없습니다!"

우건은 원공후의 재빠른 태도 전환에 쓴웃음이 절로 나왔다.

"이 감옥은 어떻게 여는 거요?"

벌떡 일어난 원공후가 감옥 반대편에 있는 단추를 가리켰다.

"저 버튼을 누르면 알아서 열릴 겁니다."

우건은 버튼을 눌렀다.

끼익!

쇠창살이 쇳소리를 내며 위로 올라갔다.

원공후는 쇠창살이 올라가기 무섭게 몸을 굴려 빠져나왔다.

일어난 원공후가 가슴을 쓸어내렸다.

"감옥을 막은 쇠창살에는 지독한 전기가 흐르지요. 몇만 볼트는 우습게 넘어갈 겁니다. 은공의 도움이 아니었으면 특무대 놈들이 도착하기 전에 빠져나올 방법이 없었을 겁니다."

한바탕 주워섬긴 원공후가 우건의 눈치를 살폈다.

그는 내력을 금제하는 혈도가 짚인 상태였다. 은근한 눈빛을 보내는 모습이 혈도까지 마저 풀어 달라 부탁하는 듯했다.

그러나 우건은 단호한 목소리로 지시했다.

"가서 녹화수의 해약이나 찾아오시오."

원공후가 우건의 안색을 살피며 물었다.

"놈의 독에 당하신 겁니까?"

"서두르시오. 특무대가 곧 들이닥칠 거요."

"알, 알겠습니다. 은공은 저를 따라오십시오."

특무대란 말에 몸을 부르르 떤 원공후가 얼른 앞장섰다.

길을 열던 원공후가 뒤를 힐끗 보며 물었다.

"한데 은공께선 제가 녹화수 해약이 있는 위치를 안다는 사실을 어떻게 아셨습니까? 전 말한 기억이 나지를 않습니다만."

우건은 대답하지 않았다. 대답하기 싫어선 아니었다. 내상과 독상(毒傷)이 더 심해져 말을 할 수 있는 상태가 아니었다.

원공후는 원래 이름난 도둑이었다. 심지어 중원 무림에서 세 손가락 안에 들어간다는 평가를 받는 뛰어난 도둑이었다.

원공후는 한세동에게 발각당하기 전까지 안을 샅샅이 뒤져봤을 터였다. 우건은 그 점에 희망을 걸었는데 다행히 통했다.

"이곳입니다."

원공후가 통로 안에 있는 방으로 우건을 안내했다.

방은 한세동이 평소에 연단(鍊丹)하는 장소인 듯했다. 각종 약초와 독초, 그리고 독물이 든 우리가 선반마다 가득했다.

한세동의 별호는 독수괴의였다.

그 별호처럼 그는 독리(毒理)와 약리(藥理) 모두에 정통했다.

독이든, 약이든 둘 중 한 분야에 정통하면 당연히 반대편 분야 역시 통달하는 게 이치라지만 한세동은 특히 뛰어났다.

한세동은 그런 재주를 십분 살려 막대한 재산을 일궜다. 돈 많은 부자를 발굴해 몰래 독을 쓴 다음, 그가 서서히 죽어가길 기다렸다. 부자는 치료방법을 알아내기 위해 수단과 방법을 가리지 않았다. 한세동은 명의를 자처하며 부자에게 접근해 재산을 전부 탕진할 때까지 단물을 빨아먹었다.

그런 그에게 무림인들은 독수괴의라는 괴이한 별호를 붙였다.

한세동이 명진제약이라는 회사를 설립해 약을 만들 수 있었던 이유 역시 그가 독리와 약리에 모두 정통한 덕분이었다.

원공후는 한세동이 완성한 단약을 살펴보다가 그중 하나를 우건에게 건넸다. 우건은 단약을 받아 자세히 살펴보았다.

원공후가 준 약이 해독제가 아니라, 또 다른 독이 들어 있는 독약이라면 그는 독이 골수에 미쳐 그대로 절명할 터였다.

우건은 도문의 정종 단약제련법을 십년 넘게 수련한 도인이었다. 독과 약을 구분할 능력을 이미 갖춘 상태였다. 다행히 독은 아니었다. 우건은 원공후가 준 단약을 입에 넣었다.

단약이 녹아 식도로 내려가는 순간, 그를 괴롭히던 독기가 수그러지는 느낌을 받았다. 한숨 놓은 우건은 발길을 돌렸다.

특무대가 곧 쫓아올 터였다.

오래 머물 상황이 아니었다.

원공후가 우건의 눈치를 살피며 물었다.

"나머지 단약은 어떻게 하시겠습니까?"

"알아서 하시오."

원공후가 기뻐하며 단약을 포대에 쓸어 담았다.

단약실을 나온 두 사람은 이내 출구를 찾아 이동했다.

원공후가 철문을 가리켰다.

"저기가 출구 겸 입구입니다. 제가 저기로 들어왔지요."

"그럼 갑시다."

나가려는 우건을 원공후가 급히 잡았다.

"잠시 기다려주십시오!"

"왜 그러시오?"

"나가기 전에 꼭 보셔야 할 장소가 하나 있습니다."

"어떤 곳이오?"

"제가 전에 한세동, 그 똥물에 튀겨죽일 새끼가 어떻게 2
갑자의 내력을 연성했는지 알려드린다고 하지 않았습니
까? 그곳에 바로 그 비밀이 숨어 있습니다. 보고 가시겠습
니까?"

우건은 호기심이 일었다.

처음엔 약리에 밝은 한세동이 영약이나, 단약을 왕창 복
용해 내력을 높였으리라 추측했다. 한데 그게 아닌 모양이
었다.

사실, 한세동은 한창 활동할 때 내력이 1갑자에 미치지
못했다. 독이 무서울 뿐이지, 연성한 내력은 별 볼 일이 없
었다.

한데 한세동은 불과 30년 만에 내력을 2갑자까지 연성
했다. 더욱이 내력을 연성하는 데 이곳의 상황이 좋지 않다
는 점을 생각해봤을 때, 그 이유가 궁금해지는 게 사실이었
다.

우건은 말없이 고개를 끄덕였다.

신이 난 원공후는 재밌는 놀이를 발견한 어린아이처럼
우건을 한 장소로 안내했다. 벽을 하얀색으로 도배한 방이
었다.

원형으로 생긴 방 가운데 푹신한 포단이 놓여 있었다. 평
소에 한세동이 내력을 연성하는 연공실인 듯했다. 한데 그
런 연공실에 어울리지 않는 특이한 물건이 사방에 하나씩
있었다.

쇠로 만든 커다란 철통이었다.

원공후가 철통 마개를 열었다.

그 순간, 치이익하는 소리가 들리더니 순수한 기운이 뭉
클뭉클 쏟아져 나왔다. 우건은 깜짝 놀라 철통으로 몸을 날
렸다.

원공후가 철통을 툭툭 치며 설명했다.

"자세한 원리는 모르지만 이 쇠로 만든 통에 내력 연성
에 사용하는 순수한 기운이 잔뜩 들어 있는 것이 틀림없습
니다."

우건은 철통에 적혀 있는 꼬부랑글자를 기억해두었다.

"이제 갑시다."

원공후의 뒷덜미를 잡은 우건은 곧장 출구로 빠져나갔다. 두 사람이 출구를 빠져나옴과 동시에 특무 3팀이 도착했다.

2장. 돌아가는 길

우건은 한세동의 저택을 나와 하늘을 보았다.

어느새 날이 밝아 있었다.

우건은 수혈을 짚어둔 특무대 3팀 5조 조장을 찾았다.

원공후가 따라오며 물었다.

"어디로 가십니까?"

우건은 대답하는 대신에 낙엽을 덮어 위장해놓은 5조 조장을 찾아 복장을 다시 바꿔 입었다. 쌀쌀한 가을밤을 무사히 보낸 5조 조장은 코까지 골며 깊은 잠에 빠진 상황이었다.

원공후가 5조 조장을 내려다보며 물었다.

"이놈은 누굽니까?"

"내가 위장하는 데 도움을 준 특무대 조장이오."

"아."

원공후는 그럴 줄 알았다는 듯 고개를 주억거렸다.

조장의 수혈을 푼 우건은 몸을 날려 자리를 피했다. 내력을 쓰지 못하는 원공후는 땀을 쏟아내며 그런 우건을 쫓아왔다.

두 사람이 막 자리를 피했을 때였다. 잠에서 깬 5조 조장은 멍한 눈으로 주위를 둘러보았다. 찬데서 잠을 잔 탓에 욱신거리지 않는 데가 없는 듯 끙하는 신음을 토했다. 조장이 일어서는 순간, 몸을 덮은 낙엽이 바스락거리며 떨어졌다.

그때였다.

"으아악!"

조장이 무언가를 깨달은 듯 비명을 질렀다. 자신이 한세동을 제거하기 위해 이 산에 왔다는 사실을 그제야 깨달은 모양이었다. 한데 조원을 이끌 책임이 있는 조장이 밤새도록 잠을 자버린 상황이었다. 비명이 나오지 않을 도리가 없었다.

한편, 5조 조장의 수혈을 푼 우건은 은두산 정상으로 올라가며 뒤를 힐끔 돌아보았다. 원공후가 땀을 뻘뻘 흘리며 열심히 쫓아왔다. 평소에 신법을 장기로 삼는 원공후였지만 내력이 없는 지금은 평범한 사람들처럼 숨이 턱에 닿아 있었다.

원공후는 자유의 몸이었다. 그리고 우건을 주인으로 모신다는 약속을 식언(食言)하는 일에 주저함이 없을 성격이었다.

그러나 원공후는 우건을 떠나지 못했다.

한세동이 지독한 방법으로 제압한 혈도를 풀지 못하면 내력을 영원히 쓰지 못해 반 폐인으로 살아야 하는 상황이었다.

이 근처에서 원공후의 혈도를 풀어줄 사람은 우건 밖에 없었다.

원공후는 그런 이유로 우건의 뒤를 졸졸 따라다니며 혈도를 풀 기회를 엿보는 중이었다. 한데 우건 역시 그가 필요하긴 마찬가지였다. 한세동이 죽은 지금, 태을양의미진진에 갇혀 있던 자들의 행방을 알려줄 유일한 단서가 원공후였다.

그러나 원공후를 수연에게 데려가는 일은 전혀 다른 문제였다.

우건은 그를 시험해볼 생각이었다.

"잠시 운기요상(運氣療傷)을 해야겠소."

말을 마친 우건은 적당한 자리에 앉아 천지조화인심공으로 내상을 치료하기 시작했다. 물론, 입정에 들어가진 않았다.

도가의 분심공으로 내상을 치료함과 동시에 원공후의 동태를 살폈다. 원공후는 초조한 표정으로 우건의 표정을 관찰했다. 우건이 정말 입정에 들었는지 확인하는 모양새였다.

차 한 잔 마실 시간이 지났을 무렵, 원공후는 다소 안심하는 표정을 지었다. 우건이 입정에 든 것으로 확신한 듯했다.

원공후의 눈빛이 시시각각 변했다.

그에게 내력이 없긴 하지만 입정에 든 우건을 위협해 혈도를 풀게 만들 방법은 많았다. 한세동의 단약실에서 가져온 독을 쓰거나, 아니면 무기로 위협하는 방법 또한 있었다.

우건은 언제든 출수할 준비를 갖춘 상태로 원공후의 다음 행동을 기다렸다. 원공후는 마치 기다렸다는 듯 오른손을 뒤춤으로 가져갔다. 우건은 슬며시 내력을 끌어올려 방비했다.

앞으로 돌아 나온 원공후의 손에는 날이 반짝거리는 비수 한 자루가 들려 있었다. 우건은 원공후가 출수하길 기다렸다.

쉭!

원공후의 손에 들린 비수가 움직임과 동시에 날렵한 무언가가 은밀히 움직이는 소리가 등 뒤에서 들려왔다.

그 소리의 정체를 파악한 우건은 급히 내력을 풀었다. 그 때, 원공후가 던진 비수가 우건 뒤로 날아가 무언가를 두 동강 냈다.

등 뒤의 일이라 눈으로 볼 순 없었지만 후각은 그렇지 않았다.

잠시 후, 비릿한 피 냄새가 훅 풍겨왔다.

'뱀이었군.'

우건이 방금 전에 들은 소리는 뱀이 움직일 때 나는 소리였다.

독이 잔뜩 오른 가을 독사가 제집 앞을 막아선 불청객을 쫓기 위해 은밀히 접근하다가 원공후의 비수에 잘린 듯했다.

우건은 속으로 안도의 숨을 내쉬었다.

원공후를 오해한 것이다.

우건은 내친 김에 운기요상을 다시 시작했다. 한 시진이 넘는 시간 동안, 원공후는 우건 옆을 지키며 호법을 서주었다.

운기요상을 마친 우건은 뒤를 돌아보았다.

역시 예상대로였다.

머리가 잘려 죽은 까치 독사가 보였다.

우건은 원공후에게 머리를 숙였다.

"고맙소."

원공후가 너스레를 떨었다.

"헤헤, 이까짓 일로 뭘 그러십니까."

우건은 어제 기억해둔 은두산 지형을 떠올리며 말했다.

"질문에 사실대로 답해주면 내력을 금제한 혈도를 풀어 주겠소."

원공후가 기다렸다는 듯 대답했다.

"아는 건 다 말씀드릴 테니까 무엇이든 물어보십시오."

"우선 만나야 할 사람이 있소."

우건은 원공후와 함께 수리박골로 내려갔다.

"아직인가?"

뜬눈으로 밤을 새운 수연은 관자놀이를 주물렀다.

자동차를 가려주던 장안진은 이미 새벽에 풀린 상태였다. 수연은 터져 나오는 하품을 참으며 우건이 오길 기다렸다.

우건은 그가 아침까지 돌아오지 않으면 먼저 서울로 돌아가라 말했지만 그녀는 사실 돌아갈 생각이 처음부터 없었다.

물론, 그 말을 따르지 않은 이유에는 우건에 대한 걱정이 가장 큰 부분을 차지했다. 그녀가 아는 우건은 이 세상에서 가장 강한 사람이었다. 그보다 강해보이는 사람은 전부 가상현실 속의 인물들뿐이었다. 그렇다고 그가 신은 아니었다.

그 역시 상처를 입으면 다른 사람처럼 피를 흘렸다. 그리고 한명진과 같은 강적을 상대하기 위해 영단을 복용해야 했다. 그녀는 그가 무사히 돌아오길 기도하며 밤을 지새웠다.

수연의 시선이 대시보드 시계 쪽으로 돌아갔다.

오전 아홉시였다.

시간이 흐를수록 우건에 대한 걱정이 커졌다.

불길한 생각이 떠오를 때마다 고개를 세차게 저어 떨쳐냈다.

수연이 시계와 차창 밖의 풍경을 번갈아보며 우건을 하염없이 기다릴 때였다. 차를 주차해놓은 수리박골 안으로 버스와 승합차가 줄지어 올라오기 시작했다. 깜짝 놀라 핸들 밑으로 고개를 푹 숙인 수연은 그들을 조용히 관찰했다. 다행히 우건이 말한 특무대나, 한명진의 부하들은 아닌 듯했다.

등산복 차림으로 차에서 내린 남녀노소가 수리박골 옆에 있는 등산로를 따라 정상으로 올라가기 시작했다. 단풍을 보러 온 등산객인 모양이었다. 수연은 안도의 숨을 내쉬었다.

대시보드 시계가 정확히 열시를 가리켰을 무렵이었다.

창문에 짙은 선팅을 한 검은색 대형 세단 몇 대가 나타났다. 수연은 그들 역시 단풍을 보러온 등산객이라 생각해 크게 신경 쓰지 않았다. 한데 무언가 이상했다. 세단에서 내린 사람들은 범상치 않은 외모를 가진 3, 40대 사내들이었다.

처음엔 특무대나, 한명진의 부하인 줄 알았다.

한데 그 역시 아니었다.

그들은 수연이 잘 아는 부류였다.

그녀가 호출 받아 응급실에 갔을 때, 저런 사내들을 치료한 경험이 몇 번 있었다. 그들은 바로 조직폭력배였다. 어두운색 정장과 짧게 자른 머리, 그리고 목과 손목에 있는 문신의 흔적으로 그들의 정체를 어렵지 않게 파악할 수 있었다.

그들은 차에서 내리기 무섭게 그녀의 차와 그리 멀지 않은 장소에 돗자리를 깔더니 소주병이 가득 든 박스와 휴대용 버너, 불판을 가져와 본격적으로 술판을 벌이기 시작했다.

주차장 옆에 걸려 있는 취사금지, 흡연금지라는 경고문구가 그들에겐 전혀 통하지 않는 듯했다. 은두산 근처 어느 조직에서 가을을 맞아 단체 야유회를 온 상황으로 보면 딱 맞았다.

수연은 그들의 눈에 띄지 않기 위해 최대한 조용히 있었
다.

이는 그녀가 30년 가까이 살아오는 동안 깨달은 노하우
였다. 그녀의 아름다운 외모는 물론 축복이었다. 그러나 가
끔은 저주처럼 느껴질 때가 있었다. 지금은 후자에 더 가까
웠다.

근처에 등산객을 실어온 차가 많아 특별히 신경 쓰지 않
으면 차 안에 사람이 있다는 사실을 알기 어려운 상황이었
다.

그러나 늘 운이 좋지는 않았다.

술에 취한 사내 하나가 수연이 있는 곳으로 걸어왔다.

사내는 화장실에 가기가 귀찮았던 모양이었다. 수연의
차가 있는 주차장 안쪽 풀숲에 들어가 바지춤을 서둘러 내
렸다.

수연은 조마조마한 심정으로 사내의 행동을 지켜보았다.
용변을 본 사내가 수연의 차가 있는 쪽으로 걸어오기 시작
했다.

수연은 운전석에 바짝 엎드렸다.

비틀거리며 수연의 차 앞을 돌아가던 사내가 갑자기 걸
음을 멈췄다. 불길한 예감을 느낀 수연은 입술을 살짝 깨물
었다.

사내가 운전석 창문으로 걸어와 안을 들여다보았다.

당연히 수연은 사내의 시선을 피하지 못했다. 징그럽게 웃은 사내가 고개를 돌리더니 술판을 벌이는 동료를 손짓해 불렀다.

곧 웃통을 거의 벗어젖힌 조폭 10여 명이 수연의 차 주위를 에워쌌다. 그들은 창문을 거칠게 두들기며 수연을 위협했다.

밖으로 나오라는 뜻이었다.

그러나 수연은 차 문을 잠군 상태에서 꼼짝하지 않았다.

화가 난 조폭들이 달라붙어 차를 흔들기 시작했다.

건장한 사내들의 완력을 이기지 못한 차가 들썩이기 시작했다.

겁을 먹은 수연은 핸들을 끌어안은 자세로 부들부들 떨었다.

조폭은 그런 수연을 구경하며 자기들끼리 낄낄 웃었다.

그때였다.

"이 우라질 새끼들이! 감히 주모(主母)님을 건드려!"

차의 보닛을 미끄러지듯 타넘은 시커먼 그림자 하나가 조폭 중 한 명에게 날랜 원숭이처럼 달려들었다. 동작이 엄청나게 빨랐다. '우라질'이란 소리는 차 뒤 풀숲에서 들려왔지만 '감히 건드려'라는 소리는 조폭 바로 앞에서 들려왔다.

시커먼 그림자가 긴 팔을 가볍게 휘두르는 순간, 조폭의 코가 움푹 주저앉으며 쌍코피가 그야말로 분수처럼 터져 나왔다.

주먹 한 방으로 건장한 조폭을 나가떨어지게 만든 시커먼 그림자의 주인공은 팔이 비정상적으로 긴 40대 중년사내였다.

"시끄러워, 새꺄! 그만 꽥꽥 대!"

소리친 중년사내가 비명을 지르는 조폭을 걷어찼다.

발길에 채인 조폭은 붕 날아가 시멘트 바닥에 처박혔다.

사내의 갑작스러운 등장과 행동에 놀라 잠시 멈칫한 조폭들이 상스러운 욕을 뱉으며 발목과 허리춤에서 칼을 뽑았다.

회를 쓸 때 사용하는 칼이었다.

히죽 웃은 사내가 어서 덤비라는 듯 검지를 까닥거렸다.

"오늘 이 어르신께서 안계를 넓혀줄 테니까 사양할 필요 없다."

그 말을 기다렸다는 듯 조폭 하나가 회칼을 찔러왔다.

사내는 몸을 돌려 가볍게 피하며 긴 팔을 우아하게 휘둘렀다.

두 사람의 몸이 스치듯 붙었다가 다시 떨어지는 순간, 조폭의 손에 있던 회칼이 어느새 중년사내 손에 들어가 있었다.

사내는 자신의 손에 들린 회칼을 보며 능청스레 물었다.

"어라, 이게 왜 내 손에 있지?"

사내의 도발에 넘어간 조폭은 욕을 하며 주먹을 냅다 휘둘렀다. 사실, 두 사람의 실력 차이는 바다와 강물의 차이보다 큰 편이었다. 회칼을 빼앗긴 상황이 그 증거였다. 그러나 감정이 앞선 조폭은 그 사실을 전혀 깨닫지 못한 듯했다.

회칼을 빙글 돌린 사내가 히죽 웃었다.

"흐흐, 너처럼 멍청한 놈들은 반드시 대가를 치르게 마련이지."

얼굴을 돌려 주먹을 피한 사내가 회칼을 거꾸로 잡아 조폭의 어깨에 박았다. 조폭의 얼굴이 일그러지는 순간, 사내의 다리가 수직으로 올라와 사타구니 사이를 정확히 가격했다.

"커억."

끔찍한 고통은 때론 비명조차 제대로 지르지 못하게 하는 듯했다. 조폭은 사타구니 사이를 부여잡은 자세로 무너졌다.

쓰러진 조폭을 시작으로 일방적인 구타가 이어졌다.

조폭들은 하나같이 똑같은 방법으로 사내에게 얻어맞았다. 자기가 쓰던 회칼이 어깨에 박힌 상태에서 사타구니 사이를 부여잡으며 쓰러졌다. 조폭 10여 명이 굼벵이처럼 바닥을 뒹구는 데 걸린 시간은 그야말로 촌각에 불과했다. 그만큼 중년사내의 손길은 빨랐다. 그리고 전혀 거침이 없었다.

중년사내가 뚱뚱한 조폭을 걷어차며 소리쳤다.

"지금부터 내 앞에 일렬횡대로 무릎 꿇는 데 정확히 3초 준다!"

그러나 조폭들은 중년사내를 잡아먹을 듯 노려만 볼 뿐, 그의 지시를 따를 생각이 없어보였다. 중년사내는 그럴 줄 알았다는 듯 히죽 웃으며 뭉그적거리는 조폭을 자근자근 밟았다.

조폭들은 그제야 벌떡 일어나 중년사내 앞에 무릎을 꿇었다.

그러나 일렬횡대를 모르는 듯 줄이 제멋대로였다.

중년사내가 짜증을 내며 소리쳤다.

"이 멍청한 새끼들아! 옆으로 나란히 서야 할 거 아니야!"

조폭들은 사타구니를 세게 얻어맞은 탓에 엉기적거리며 걸어와 동료와 줄을 맞췄다. 줄을 맞춘 후에는 무릎을 꿇었다.

중년사내가 얼굴에 칼자국이 있는 조폭에게 물었다.

"어디서 온 놈들이냐?"

"수, 수원에서 왔습니다."

"네놈이 건드린 분이 누군지 알아?"

조폭은 놀란 표정으로 앉아 있는 수연을 힐끔 보며 대답했다.

"모, 모릅니다."

"이 새끼가 감히 주모님께 눈알을 부라려!"

소리친 중년사내가 조폭의 얼굴을 냅다 걷어찼다.

앞니 네 개가 몽땅 부러진 조폭은 다시 엉금엉금 기어왔다.

"눈, 눈알을 부, 부라린 적 없습니다."

앞니가 부러진 탓에 말이 새었다.

중년사내가 변명 따윈 듣지 않겠다는 듯 손을 저었다.

"네놈들 때문에 주모님이 많이 놀라신 모양이다. 원래는 잡아다가 주리를 틀어야겠지만 시간이 없는 관계로 다른 방법으로 보상을 받아야겠다. 내 말이 무슨 뜻인지 알겠어?"

"예?"

"네놈들 때문에 정신적인 고통을 겪으셨으니까 당연히 위자료를 받아야지. 그게 도리 아니야? 정확히 1분 준다! 실시!"

"실, 실시!"

엉겁결에 복창한 조폭들은 십시일반 걷은 돈을 봉투에 담아 가져왔다. 봉투에 든 돈을 눈대중으로 살펴본 중년사내가 꺼지라는 듯 손을 휘휘 저었다. 조폭들은 사형을 선고받았다가 풀려난 죄수처럼 그들의 차가 있는 방향으로 냅다 달렸다. 그들이 달릴 때마다 어깨에 박힌 회칼이 춤을 추었다.

중년사내가 그런 조폭들에게 소리쳤다.

"이 새끼들아! 처먹었으면 자리를 치워야 할 거 아냐!"

그 말에 조폭들은 다시 술자리로 돌아가 돗자리를 걷는 등 부산을 떨었다. 그런 조폭들을 보며 히죽 웃은 중년사내가 타고 있는 차 쪽으로 걸어왔다. 중년사내가 조폭들을 무지막지하게 다루는 광경을 모두 지켜본 수연은 화들짝 놀라 물러섰다.

중년사내가 수연을 향해 머리를 꾸벅 숙였다.

"주모님, 처음 뵙습니다. 이 노복은 원공후라 합니다."

"예?"

수연이 놀라 그를 쳐다볼 때, 우건이 나타나 고개를 저었다.

"그녀는 주모가 아니오. 내가 오면서 말해주지 않았소. 우린 의사와 환자의 관계일 뿐이오. 오해 살 말은 하지 마시오."

중년사내, 즉 원공후가 그 심정 다 안다는 듯 웃었다.

"하하, 다 그런 식으로 시작하는 게 남녀관계 아니겠습니까?"

고개를 절레절레 저은 우건이 차 문을 두드렸다.

갑자기 180도 바뀐 상황에 놀라 멍한 얼굴로 앉아 있던 수연은 그제야 정신이 돌아온 듯 잠가 두었던 차 문을 급히 열었다.

우건은 조수석에 오르며 물었다.

"왜 먼저 돌아가지 않았소?"

수연은 손가락으로 붉어진 눈가를 닦으며 되물었다.

"괜찮은 거예요? 다친 데는 없어요?"

"괜찮소."

"갔던 일은요?"

"다행히 잘 끝났소. 앞으로 소저를 노리를 자들은 없을 거요."

안도의 숨을 내쉰 수연이 목소리를 낮춰 물었다.

"저 아저씨는 누구에요? 그리고 왜 절 주모라 부르는 거예요?"

"한세동, 아니 한명진의 거처에 잡혀 있던 자요. 나와 마찬가지로 그날 태을양의미진진 안에 갇혀 있던 사람들 중하나요."

수연의 커다란 눈동자가 더 커졌다.

"그 말은 저 아저씨 역시 몇 백 년 전 사람이라는 뜻이에요?"

"그렇소."

우건은 한명진의 정체가 몇 백 년 전 중원 강호에서 활동하던 독수괴의 한세동이었단 사실 등을 간략히 줄여 설명했다.

수연은 고개를 끄덕였다.

"그래서 한명진이 제약회사를 차린 거였군요."

"그렇소. 그에게 독과 약은 우리가 먹는 밥처럼 친숙한 거였소."

"한명진, 아니 그 한세동이라는 사람과 저 원공후라는 아저씨가 이곳에 있다는 말은 다른 사람들 역시 있다는 말이잖아요. 설마 그 진법에 갇혀 있던 사람들이 다 넘어온 거예요?"

"그걸 알아보기 위해 원공후를 데려온 거요."

그때, 수연이 뭔가 생각났다는 듯 채근하며 물었다.

"두 번째 질문에는 아직 대답 안 했어요. 저 아저씨가 저를 왜 주모라 부르는 거예요? 설마 술을 파는 주모는 아니겠죠?"

우건은 쓴웃음을 지었다.

"원공후가 우리 사이를 오해한 듯하오."

"오해요?"

"주모는 주공의 부인이란 의미요."

"주공은 주인이란 뜻일 테니까 그럼 제가 우 소협의 부인……."

수연의 얼굴이 붉어졌다.

우건은 한숨을 쉬었다.

"해서 방금 전에 그가 오해했단 말을 한 거요."

수연은 정신을 차리려는 듯 고개를 세차게 저었다.

"저 원공후란 분은 어떻게 할 거예요? 정말 데려갈 생각이에요?"

"몇 가지 궁금한 사안에 대해 물어본 다음, 내력을 제압한 혈도를 풀어줄 생각이오. 그럼 자기가 알아서 사라져줄 거요."

"알았어요."

수연의 승낙을 받은 우건은 밖으로 나왔다.

초조한 표정으로 서 있던 원공후가 반색하며 물었다.

"결론이 났습니까?"

"운전할 줄 아시오?"

원공후가 지갑에서 운전면허증을 꺼내보였다.

"당연히 할 줄 알지요."

"그럼 당신이 운전하시오."

우건은 수연을 뒷좌석에 앉혔다.

뜬 눈으로 밤을 지새웠을 테니까 서울로 올라가는 동안 눈을 붙이게 해줄 생각이었다. 원공후가 차 밖으로 나온 수연을 보며 놀란 표정을 지었다. 수연이 차 안에 있을 때는 그녀의 얼굴을 제대로 볼 기회가 없었던 모양이었다. 수연의 미모에 놀란 듯 벌어진 입이 닫힐 생각을 하지 않았다.

원공후에게 어색한 미소를 지어보인 수연이 뒷좌석에 탔다.

그제야 정신이 돌아온 원공후가 운전석에 앉았다.

"주모님이 정말 미인이시군요."

우건은 뒷좌석에 앉은 수연의 기색을 살피며 말했다.

"주모가 아니니까 다신 그런 소리 하지 마시오."

"하하, 부끄러워하시는 겁니까? 어쨌든 보는 눈이 있으십니다."

우건의 눈빛이 차가워지는 모습을 본 원공후는 움찔해 입을 급히 다물었다. 그 옆에 있는 사람은 평소엔 얌전한 도사처럼 보이지만 화가 날 때는 검에 피가 마를 날이 없는 혈검선으로 변했다. 그의 심기를 건드려 좋을 일이 없었다.

원공후가 뒷좌석에 앉아 벨트를 매는 수연에게 봉투를 건넸다.

"받으십시오. 놈들이 주, 주모, 아니 의사선생님에게 행패를 부린 일이 미안했던 모양입니다. 전 원래 받지 않으려 했습니다만 저들의 정성을 무시할 순 없는 노릇 아니겠습니까?"

수연은 실소를 금치 못했다.

일이 일어나는 동안, 차 안에 있기는 했지만 원공후가 어떤 방법으로 조폭에게 돈을 뜯어내는지 다 보았던 그녀였다.

원공후가 앓는 소리를 냈다.

"어이쿠, 이러다 노복의 팔이 떨어지겠습니다. 어서 받으십시오."

수연은 원공후가 건넨 봉투를 받으며 말했다.

"우 소협이 방금 전에 말한 대로 전 주모가 아니에요. 저에게까지 존댓말을 할 필요는 없어요. 그냥 편하게 대해주세요."

"하하, 차차 고쳐가겠습니다. 그보다 봉투는 안 열어보십니까?"

수연은 원공후의 재촉에 못 이겨 봉투를 열어보았다. 수표와 지폐를 합쳐 500만 원에 달하는 액수가 안에 들어 있었다.

수연이 난감한 표정을 지었다.

"너무 많은데요."

"아닙니다. 놈들이 한 짓에 비하면 약소한 편이지요."

대답한 원공후가 조수석에 앉은 우건에게 물었다.

"어디로 모실까요?"

그 질문에 대한 대답은 뒷좌석에 앉은 수연이 했다.

"내비는 보실 줄 알죠?"

"당연히 알지요."

"내비에 목적지를 찍어뒀어요."

원공후는 능숙한 솜씨를 차를 빼 서울로 돌아가기 시작했다.

밤새 마음을 졸였던 수연은 긴장이 풀린 듯 창문에 기대 잠이 들었다. 차는 어느새 큰 도로에 접어들었다. 원공후의 운전솜씨는 아주 탁월했다. 차가 융단 위를 달리는 듯했다.

창밖을 보던 우건이 시선을 정면으로 돌렸다.

"태을양의미진진 안에 있었소?"

"그렇습니다. 사실 그날 제천회 천조당(天助堂) 안에서 주공을 저지하던 100여 명 중 3할만 제천회 사람이었지요. 나머지는 조광의 협박과 강요 때문에 억지로 참가한 자들이었습니다. 그리고 태을문 무공에 대한 욕심으로 참가한 자들 역시 적지 않았습니다. 한세동은 아마 무공 때문일 겁니다. 그가 익힌 녹화수에 태을문의 현녀진기(玄女眞氣)를 더할 수 있으면 그는 능히 독공으로 천하제일을 다퉜을 겁니다."

"조광이 태을문 비전무공을 공개한다고 했소?"

원공후가 고개를 끄덕였다.

"미끼였지요. 아마 그 말에 속아 참가한 고수가 서른 명은 넘을 겁니다. 태을문의 무공은 중원 무인에게 진시황(秦始皇)이 찾던 불로초(不老草)와 다름없었습니다. 물론, 진시황은 사기꾼에게 속아 실체가 없는 영초를 찾아다닌 셈이지만 태을문은 실제로 존재하는 곳이란 게 다른 점이었지요."

"당신은 무슨 이유로 참가한 거요?"

원공후가 씨익 웃었다.

"저야 천생이 재물을 탐하는 도둑 아니겠습니까?"

우건은 미간을 찌푸렸다.

"돈이군."

"하하, 돈이야 제가 더 많았을 겁니다."

"그럼 조광에게 뭘 요구한 거요?"

"돈을 찾는 방법이었지요."

우건은 알았다는 듯 고개를 끄덕였다.

"개산철지대법이군."

"맞습니다. 해동 도사들이 본인의 검을 정련할 목적으로 오금의 정화를 캐낼 때 사용하는 개산철지대법을 가르쳐달라 했습니다. 저를 포함해 돈에 환장한 몇 놈이 그 말에 넘어가 가담했지요. 물론, 조광이란 놈에게 다 속은 셈입니다만."

우건은 그날의 기억을 떠올려보았다.

조광이 펼친 태을양의미진진은 완벽하지 않았다.

태을조사의 태을양의미진진이 완벽했으면 우건이 선천지기까지 써가며 천지합일을 펼쳤더라도 뚫리지 않았을 것이다.

우건은 당시 완벽하지 않은 태을양의미진진에 구멍을 내는 데 성공했다. 그리고 그 구멍을 통해 조광의 목에 치명상을 가하는 데 성공했다. 한데 풀리지 않는 의문이 하나 있었다.

조광은 왜 완벽하지 않은 태을양의미진진을 우건에게 펼쳤던 것일까? 그는 처음부터 불완전한 태을양의미진진을 손에 넣었던 것일까? 아니면 그 역시 누군가에게 속았던 것일까?

우건이 보기에 정답은 후자에 더 가까웠다.

조광은 태을양의미진진이 뚫리는 순간, 이상한 말을 했었다.

빌어먹을, 그 개자식이 나를 속였구나.

조광이 그때 말한 그 개자식은 누구일까?

아직은 알 수 없는 일이었다.

우건은 상념을 떨쳐내며 원공후에게 다시 물었다.

"조광이 중원 고수를 100여 명이나 끌어들인 이유가 무엇이오?"

"조광은 최악의 경우, 태을문 장문인과 제자들이 다 달려올 줄 알았던 모양입니다. 중원 고수들이 태을문도를 저지하는 사이, 그 빌어먹을 진을 천조당 천장에 설치하려했을 겁니다."

우건은 고개를 끄덕였다.

우건 한 사람을 막는 데 100여 명의 고수는 확실히 과한

면이 있었다. 그들이 전력을 다해 우건을 막았다면 한 손이 열 손을 감당하지 못한단 말처럼 그는 조광의 목에 치명상을 가하지 못했을 터였다. 작은 의문 하나가 풀린 셈이었다.

우건은 다시 물었다.

"이곳엔 어떻게 넘어왔소?"

"그 빌어먹을 진은 무인의 내력을 흡수하는 괴물이었습니다."

우건은 고개를 끄덕였다.

그 역시 내력이 빨려 들어가는 느낌을 받았었다.

원공후의 말이 이어졌다.

"내력이 다 빨려 거의 인사불성 상태였는데 갑자기 구멍이 뚫리더니 진이 바람 빠진 풍선처럼 쪼그라들지 않겠습니까?"

그때의 기억이 떠오른 듯 원공후가 몸을 부르르 떨었다.

"그 다음은 기억에 없습니다. 눈을 멀게 하는 엄청난 섬광이 번쩍하는 순간, 그대로 정신을 잃었습니다. 깨어나 보니 어느 강가더군요. 강물에 떨어져 간신히 목숨을 건진 겁니다. 나중에야 떨어진 곳이 한강 상류라는 사실을 알았습니다."

"그게 몇 년 전이오?"

"17년 전입니다."

"혼자 떨어졌소?"

"혈풍마도(血風魔刀) 잔융(殘戎)을 기억하십니까?"

"별호는 들어본 적이 있소."

"그자와 같이 떨어졌습니다."

"그자는 지금 어디 있소?"

"근처에 숙소를 하나 구해 3년 쯤 같이 살았습니다. 그러나 내력을 약간 회복한 후에는 바로 찢어졌습니다. 몇 년 후에 중국으로 건너갔단 소문을 들은 적 있습니다. 그에게는 말이 거의 통하지 않는 이곳보다는 중국이 나았겠지요."

"당신은 말이 통했소?"

원공후가 손가락으로 자기 머리를 두드렸다.

"저는 잔융보다 훨씬 똑똑했으니까요."

우건은 머릿속이 복잡했다.

한세동은 자기가 밝힌 대로 30년 전에 넘어왔을 확률이 높았다. 한데 이 원공후와 잔융 두 사람은 17년 전에 넘어왔다.

그리고 자신은 반년 전에 넘어왔다. 즉, 태을양의미진진에 갇혀 있던 사람들이 넘어오는 시기에 차이가 있다는 의미였다.

우건은 급히 물었다.

"잔융 외에 다른 사람들은?"

원공후가 고개를 저었다.

"잔용 외에는 행방을 아는 사람이 없습니다."

"한세동에겐 어떻게 잡힌 거요?"

"이 근처에 부자들 별장이 많다는 소문을 들었습니다. 해서 뭐 건질 게 없나 주변을 돌아다니다가 그 집을 발견했지요."

"그럼 누구 집인지 모르는 상태에서 훔치러 들어갔다는 거요?"

원공후는 부정하지 않았다.

"월장(越墻)한 후에야 그곳이 용담호혈(龍潭虎穴)이란 사실을 알았습니다. 집을 지키는 놈들 대부분이 무공을 익혔더군요. 전 호기심이 동해 며칠 동안 집 안을 숨어 다니며 내부를 샅샅이 뒤졌습니다. 그러던 중 한세동이 거처하는 그 지하공간을 발견해냈지요. 단약실과 연공실 등을 발견한 게 그때일 겁니다. 연공실에 있는 그 희한한 물건에 정신이 팔려 있는 바람에 주의가 흩어져 한세동에게 붙잡혔지요."

"한세동은 당신을 잡아서 어떻게 하려했소?"

"떨거지새끼들이 귀찮게 하지 않았으면 벌써 죽였을 거라더군요. 아마 특무대 일을 처리한 후에 죽이려 한 모양입니다."

"특무대에게는 왜 쫓기는 거요?"

원공후가 짐짓 놀란척하며 되물었다.

"그건 어떻게 아셨습니까?"

"특무대에 잡히지 않기 위해 연기했다는 것을 모를 줄 알았소?"

원공후가 머리를 긁적였다.

"하긴 모를 리가 없겠지요."

"대답하시오. 왜 쫓기는 거요?"

"소싯적에 높은 자리에 있는 사람의 집을 턴 적 있는데 그때부터 그 빌어먹을 특무대 놈들이 쫓아오지 않았겠습니까? 처음엔 얼마나 놀랐는지 모르실 겁니다. 전 그때까지 무공을 연마한 사람이 저와 잔융 외엔 없을 거라 믿었으니까요."

우건은 속으로 그 말에 동의했다. 그 역시 금괴를 바꾸러 갔다가 무공을 익힌 사람을 발견하곤 적잖이 놀랐었으니까.

원공후의 말이 이어졌다.

"놈들의 추적술이 제법 지독한지라, 몇 년 간 숨어 지내며 무공을 다시 연마했습니다. 그리고 몇 해 전에 다시 복귀해 활동을 시작했습지요. 다행히 그때는 쫓아오지 않더군요. 물론 그 이후로 정부나, 정치권 인사의 집에는 얼씬하지 않았지요."

"특무대를 양성한 자들이 누군지 아시오?"

원공후가 고개를 저었다.

"모릅니다. 다만, 우리와 함께 넘어온 자들 중에 있지 않을까 추측할 따름입니다. 그곳에 있던 자들이 다 나쁜 놈은 아니었으니까요. 조광의 협박이나, 위협에 굴복했던 자들 중엔 대협이니, 협객이니 소리를 듣던 자들이 적지 않았습니다. 그런 자들이 관부에 투신했을 가능성이 높을 겁니다."

원공후의 말이 이치에 맞았다.

우건 역시 그렇게 생각하던 참이었다.

두 사람은 서울로 올라가는 동안, 대화를 계속 나누었다.

원공후의 말에 따르면 그는 11년 전 변사자의 신분을 도용해 대한민국 국적을 얻었다. 처음에는 잔용처럼 고향이 있는 중국에 갈 생각을 잠시 한 적 있었다. 그러나 이미 배운 말과 문화, 생활습관을 버리기 아까워 한국에 남았다.

국적을 얻은 후에는 다른 사람들처럼 운전면허를 취득했다. 그리고 금융거래를 위해 은행 계좌를 새로 개설했다. 또, 건강보험료를 납부했으며 재산세와 같은 세금을 납부했다.

그의 표현에 따르면 생업활동이라 부르는 도둑질을 10년 넘게 하며 적지 않은 재산을 모으는 데 성공해 은퇴를 염두에 둔 상황이었다. 한데 은퇴하기 전에 마지막으로 크게 한 탕 할 생각으로 한세동 집을 털다가 잡혀버린 상황이었다.

이번엔 원공후가 먼저 물었다.

"돌아갈 방법을 찾는 중입니까?"

우건은 솔직히 대답했다.

"거의 포기한 상태요."

"포기하길 잘하셨습니다. 저 역시 이곳에 도착해 몇 년 동
안은 돌아갈 방법을 궁리하며 살았던 적이 있는데 사는 게
사는 것 같지가 않았습니다. 차라리 이곳에 빨리 적응해 사
람들과 부대끼며 살아가는 편이 정신건강에 이로울 겁니다."

우건은 말없이 창밖으로 지나가는 풍경을 바라보았다.

두 사람이 대화를 나누는 사이, 차는 어느새 서울에 도착
했다.

우건은 숙소와 그리 멀지 않은 곳에 차를 세우게 했다.

"팔을 주시오."

원공후는 기뻐하며 오른팔을 내밀었다.

우건은 그의 맥문을 잡아 내력을 밀어 넣었다.

우건의 내력이 그의 혈맥 곳곳을 누비며 막혀 있는 부위
를 찾았다. 한세동의 점혈 수법은 아주 고명했다. 그러나
우건이 익힌 해혈수법은 그보다 더 고명했다. 손을 뗀 우건
은 무영무음지로 원공후의 혈도 몇 개를 짚어 점혈을 풀었
다.

원공후는 바로 눈을 감으며 내력을 운기했다.

차 한 잔 마실 시간이 지났을 무렵, 원공후가 감은 눈을
떴다.

"모두 풀렸군요."

"가시오. 그리고 이제 도둑질은 하지 마시오."

"오면서 말씀드린 대로 이젠 그 일을 그만둘 생각입니다. 한세동에게 잡힌 일이 어쩌면 그 일을 그만두란 계시이겠지요."

고개를 숙인 원공후가 복잡한 눈빛으로 우건을 보다가 차에서 내렸다. 원공후는 쉽게 떠나지 못했다. 할 말이 있는 듯 입술을 몇 번 달싹이다가 몸을 돌려 인파 속으로 사라졌다.

우건 역시 원공후를 보며 쓸쓸한 기분을 느꼈다.

그를 좋아하진 않았다.

그는 남의 물건을 훔치는 도둑이었다.

도둑에게 마음을 쓸 만큼 우건은 자비롭지 않았다.

그러나 원공후는 그의 과거를 아는 유일한 사람이었다.

원공후 역시 그런 감정을 느껴 쉽게 떠나지 못했을 것이다.

우건과 원공후는 서로의 과거를 증명해주는 수단이었다.

그때, 잠에서 깬 수연이 하품을 하며 창밖을 응시했다.

"어, 서울에 도착한 거예요?"

"그렇소."

고개를 돌린 수연이 비어 있는 운전석을 보며 물었다.

"그 아저씨는요?"

"돌아갔소."

"완전히요?"

"그렇소."

우건은 대답하며 눈을 감았다.

운전석으로 돌아온 수연이 차를 숙소로 운전했다.

3장. 의외의 제안

　숙소에 돌아와 짐을 챙기는 동안, 두 사람은 말이 없었다. 그들의 인연은 한세동이 죽으며 끝난 셈이었다. 그녀를 노리던 조직은 우건의 손에 궤멸당해 더 이상 위협을 주지 못했다.

　짐을 다 챙긴 두 사람은 자석에 이끌리듯 서로를 마주보았다.

　천장 조명이 두 사람의 그림자를 길게 늘어트렸다.

　서로를 바라보던 두 사람은 누가 먼저랄 거 없이 입을 열었다.

　"이제……."

"저기……."

서로 자기 할 말만 하려는 지금 상황이 우스운 모양이었
다.

그녀가 웃음을 터트렸다.

우건은 수연의 미소에 부동심이 다시 흔들리는 느낌을
받았다.

급히 천지조화인심공으로 마음을 다스린 우건이 말했다.

"소저가 먼저 말하시오."

잠시 머뭇하던 수연이 결정을 내린 듯 긴장한 얼굴로 물
었다.

"이제 어떻게 할 거예요?"

"소저를 만나기 전에 세운 계획대로 할 생각이오."

"그 계획이 무엇인가요? 아, 제가 알면 안 되는 계획인가
요?"

우건은 고개를 저었다.

"아니오. 전에 말한 대로 내 무공은 현재 완벽한 상태가
아니오. 특히, 내력에 많은 손실을 입었소. 해서 당분간은
조용한 장소를 찾아 잃어버린 내력을 회복하며 지낼 생각
이오."

수연이 조심스레 물었다.

"혹시 그 장소가 꼭 산속이어야만 하나요?"

"그런 건 아니지만……. 왜 그러시오?"

수연이 우건의 시선을 피하며 물었다.

"저희 집에서 내력을 회복하는 계획은 어떤가요?"

"소저의 집에서 말이오?"

"그래요."

"내게 그런 제안을 하는 이유가 무엇이오?"

수연은 당황한 듯 장황하게 대답했다.

"보셔서 알겠지만 저희 집이 웬만큼 커야지요. 그리고 레지던트 월급은 거기서 거기고요. 그래서 부담을 줄여줄 룸메이트가 필요하다는 생각을 쭉 해오던 차였는데 그 룸메이트가 우 소협이라면 괜찮을 듯 보여 이런 제안을 하는 거예요."

"룸메이트가 무슨 뜻이오?"

"음, 한 집에 같이 살지만 이성적인 관계는 아닌 사이랄까요?"

우건은 고개를 돌려 호텔 밖으로 보이는 하늘에 시선을 던졌다.

'내가 어떻게 하면 좋겠습니까?'

그러나 언제나처럼 하늘은 대답이 없었다.

우건은 시선을 돌려 물처럼 담담한 시선으로 수연을 보았다.

"소저의 제안을 받아들이겠소."

수연은 기쁜 마음을 애써 감추며 체크아웃을 서둘렀다.

이제 목적지는 정해졌다.

빌린 차를 근처 렌터카업체에 반납한 두 사람은 택시를 타고 수연의 집이 있는 수연의원을 찾았다. 그녀 말대로 수연의원 2층에 있는 그녀의 집은 혼자 살기에 벅찬 규모였다.

의원 2층 전체를 살림집으로 사용하는 바람에 방 세 개가 모두 웬만한 집의 거실 크기였다. 거기에 거실, 주방, 욕실, 화장실, 다용도실, 옥상을 합치면 작은 요새와 다름없었다.

수연은 그녀의 방 맞은편 방으로 그를 데려갔다.

"어때요?"

우건은 안을 둘러보았다.

깔끔해 보이는 장롱 외엔 이렇다 할 가구가 없었다.

"마음에 드오."

"다행이네요. 가구나, 전자제품 중에 필요한 물건이 있으신가요?"

"지금은 필요 없을 것 같소."

"알았어요."

우건은 대답하며 나가려는 수연을 붙잡았다.

"이건 미리 치르는 방값이오."

우건은 5만 원 지폐 다섯 다발을 내밀었다.

수연은 당황한 표정으로 고개를 저었다.

"아니에요. 방세는 필요 없어요."

"받아두시오. 마음의 짐을 벗으려는 얄팍한 행동일 뿐이니까."

수연이 눈을 깜빡거리며 물었다.

"마음의 짐이라면 오히려 제가 더 가져야하는 상황 아닌가요?"

"소저는 전혀 잘못하지 않았소. 그저 악인들에 의해 위험에 처했을 뿐이오. 그리고 나는 그런 소저를 도왔을 뿐이오."

수연은 고개를 세차게 저었다.

"어쨌든 받을 수 없어요. 돈을 받기 위해 한 일이 아니에요."

우건은 다시 짐을 챙겨들었다.

"그럼 난 소저의 호의를 정중히 고사할 수밖에 없소."

수연은 한숨을 내쉬었다.

"알았어요. 받을게요. 정말 못 당하겠군요."

수연은 다른 방법이 없다는 듯 우건이 준 돈을 받았다.

수연이 나간 후, 우건은 방에 앉아 운기조식에 들어갔다. 거의 사흘 동안 잠을 제대로 자지 못했다.

운기조식이 피로를 풀어주긴 하지만 인간의 기본적인 욕구인 수면욕까지 완전히 없애주진 못했다. 운기조식을 마친 우건은 자리에 누웠다. 오랜만에 편안한 잠을 이룰 수 있었다.

똑똑!

저녁 무렵, 우건은 잠결에 문을 두드리는 소리를 들었다.

천천히 일어나 옷매무새를 가다듬은 우건은 문고리를 돌렸다.

그의 방문을 두드릴 사람은 사실 한 명밖에 없었다.

수연은 낮에 보았던 차림과 달라져 있었다.

흰색 남방에 무릎까지 오는, 그리고 밑단이 펑퍼짐한 꽃무늬 치마를 입은 모습이었다. 어깨에 닿을락 말락 살랑거리는 머리카락은 잘 묶은 다음, 쪽을 지어 머리핀으로 고정했다. 그사이, 목욕을 한 듯 기분 좋은 비누냄새가 풍겨왔다.

"저녁을 하려는데 먹고 싶은 음식 있어요?"

"요리를 잘 하오?"

수연이 부끄러워하며 대답했다.

"잘은 못해요. 어머니께 조금 배운 정도에요."

"음, 난 음식을 가리지 않는 편이오."

"다행이에요."

대답한 수연은 안심한 표정으로 돌아갔다.

잠시 후, 콧노래와 음식을 만드는 소리가 같이 들려왔다.

그로부터 30여 분이 지났을 무렵, 식탁에 된장찌개와 반찬 몇 가지가 올라왔다. 수연에게 말한 대로 그는 음식을 가리는 편이 아니었다. 그리고 많이 먹는 편 역시 아니었다.

그에게 음식은 최소한의 영양을 공급해주는 수단일 뿐이었다. 무공에 미쳐 있을 땐 칡뿌리 하나로 한 달을 버틴 그였다.

식사를 마친 우건과 수연은 거실 소파로 이동해 커피를 마셨다. 커피는 우건이 유일하게 마음에 들어 한 기호식품이었다.

커피 잔을 내려놓은 수연이 미안한 표정을 지었다.

"내일부터는 병원에 다시 나가야할 거예요."

"난 신경 쓰지 마시오."

"그렇게 말해줘서 고마워요. 아참, 내일 시간 있어요?"

"왜 그러시오?"

"우리 옷을 사러가요."

"소저의 옷을 사러간단 말이오?"

수연이 미소를 지었다.

"전 옷 많아요. 옷을 사야할 사람은 우 소협이에요."

우건은 자기 행색을 돌아보았다.

보름 전 병원을 빠져나올 때 훔쳐 입은 택시기사 옷을 그대로 걸친 상태였다. 물론, 안에 입은 속옷 역시 마찬가지였다.

그녀 말대로 옷을 사야할 듯했다. 깔끔한 의복을 좋아하는 성격까지는 아니지만 더러운 옷을 참을 성격 또한 아니었다.

"옷이라면 나 혼자 충분히 살 수 있소."

수연은 고개를 저었다.

"저와 같이 가요. 제가 쇼핑을 도와드릴게요."

우건은 그녀의 도움을 마냥 거절하기 뭣해 받아들였다.

"알았소. 내일 몇 시에 찾아가면 좋겠소?"

"내일은 낮 근무니까 저녁 7시쯤 오세요."

고개를 끄덕인 우건이 주위를 둘러보며 물었다.

"혹시 지필묵을 빌릴 수 있겠소?"

"지필묵이요? 아, 필기구 말이군요."

수연은 방에 들어가 볼펜과 종이를 가져왔다.

우건은 그녀가 준 종이와 볼펜으로 무언가를 적었다.

다 적은 후에는 그녀에게 종이를 내밀며 물었다.

"이게 무슨 뜻인지 알겠소?"

수연의 눈이 커졌다.

"영어 단어잖아요. 영어를 배웠어요?"

"아니오. 그림처럼 기억해두었을 뿐이오."

"맙소사! 그럼 이 긴 단어를 한 번에 외웠다는 거예요?"

"무슨 뜻인지 알겠소?"

수연이 종이에 적힌 글자를 소리 내어 읽었다.

"Compressed Oxygen. 압축산소란 뜻이에요."

"압축은 알겠는데 산소는 무슨 뜻이오?"

그녀는 우건에게 그녀가 아는 산소에 대해 모두 말해주었다.

묵묵히 듣던 우건이 물었다.

"그럼 호흡을 통해 마시는 공기에 산소가 들어 있다는 말이오?"

"맞아요. 대기의 78%가 질소, 21%가 산소에요. 인간은 그중 21%에 해당하는 산소를 들이마시는 거예요."

"산소를 압축했다는 말은 무슨 뜻이오?"

"순도가 99%에 가까운 산소를 압축해놓았다는 뜻이에요."

설명을 듣는 순간, 무언가가 떠오를 듯했다.

이 열여섯 개의 철자로 이뤄진 영어단어는 한세동의 연공실에 있던 이상한 물건에 적힌 글자였다. 원공후가 물건의 입구를 개방했을 때 자연의 순수한 기운이 뿜어져 나왔었다.

심법 수련은 크게 세 단계 과정으로 이루어져 있었다.

첫 번째는 호흡을 통해 공기를 들이마시는 단계였다. 그리고 그 공기 속에서 자연의 순수한 기운을 따로 정제하는 과정이 두 번째 단계에 해당했다. 마지막 세 번째는 정제한 순수한 기운을 내력으로 바꾸어 단전에 축기하는 단계였다.

한데 한세동의 연공실에 있던 그 물건은 순수한 기운을

뿜어냈다. 즉, 세 단계로 이루어진 심법수련 과정을 크게 줄일 수 있을 뿐 아니라, 축기하는 내력의 양을 늘릴 수 있단 뜻이었다. 우건은 수연의 설명을 들으며 그가 아는 순수한 기운을 이곳에선 산소라 부른단 느낌을 강하게 받았다.

만약, 그 가설이 맞다면 엄청난 발견이었다.

사실, 우건은 한세동의 연공실에서 압축산소가 든 통을 처음 발견했을 때 뭔가 있을지 모른다는 생각을 어렴풋이 했었다.

그가 상대한 한세동은 1갑자에 미치지 못하던 내력을 불과 30년 만에 2갑자까지 끌어올렸다. 그리고 한세동은 당시 하얗게 센 은발이 다시 검어지기 직전이었다. 그 말은 근래에 내공의 성취가 있단 말이었는데 이제야 의문이 풀렸다.

한세동은 이 압축산소로 심법을 수련해온 모양이었다. 이곳에 넘어온 다른 고수들이 한세동과 같은 방법을 발견해 사용 중이라면 당시보다 더 강해져 있을 공산이 아주 높았다.

상념에 빠진 우건을 조용히 지켜보던 수연이 물었다.

"중요한 일인가보죠?"

우건은 일어나 읍(揖)을 해보였다.

"소저 덕분에 의문을 풀 수가 있었소. 진심으로 감사드리오."

수연은 당황한 얼굴로 같이 일어나 머리를 숙였다.

"별, 별말씀을요. 전 그저 영어 단어를 해석해드렸을 뿐이에요."

우건은 고민해야할 일이 있었다. 그리고 수연은 피곤했다. 그날 저녁 대화는 거기서 끝났다. 다음 날, 수연은 빵을 구워둔 후 병원으로 출근했다. 그녀가 만들어준 아침식사를 먹은 우건은 운기조식으로 시간을 보내다가 집을 나섰다.

우건은 택시에 올라 그녀가 일하는 영제병원을 찾았다. 해가 뉘엿뉘엿 져가는 창밖의 풍경을 구경하던 우건은 택시 앞좌석에 있는 시계를 확인했다. 저녁 6시였다. 아라비아 숫자는 우건이 가장 먼저 이해한, 그리고 받아들인 체계였다.

시간은 충분할 듯했다.

퇴근시간대라 도로가 막혔지만 미리 감안해 출발한 터였다.

우건의 시선이 다시 느리게 움직이는 차들을 지나 도로 양옆에 늘어선 거리로 향했다. 하늘에 닿을 듯 솟은 빌딩 너머에선 붉은 노을이 서쪽 하늘에 천천히 내려앉는 중이었다.

우건은 문득 원공후의 말이 떠올랐다.

원공후는 과거로 돌아갈 방법이 없을 거라 했었다. 그리고 이곳 세상에 빨리 적응하는 편이 지금보다 나을 거라 했었다.

정말 과거로 돌아갈 방법은 없는 걸까?

우건은 마음이 울적해졌다.

사부님과 사매를 더 이상 볼 수 없을지 모른단 생각이 드는 순간, 눈앞이 막막해지며 가슴이 찢어지는 아픔을 느꼈다.

"도착했습니다."

택시기사의 말이 그를 상념에서 빠져나오게 만들었다.

택시비를 지불한 우건은 전에 그녀를 기다린 적 있는 벤치에 앉았다. 환자와 의사, 간호사, 그리고 보호자들이 그 앞을 바삐 오갔다. 우건은 매점에 가서 신문을 사와 읽기 시작했다. 한글을 배우지 않으면 기본적인 생활이 불가능했다.

우건은 한글의 옛 이름임과 동시에 낮잡아 부르던 말인 언문을 배운 경험이 있었다. 심지어 연인인 설린은 경애(敬愛)하는 마음을 담은 연서(戀書)를 언문으로 적어 보냈었다.

그러나 한글은 언문과 많이 달랐다.

기본 형태는 크게 변하지 않았지만 수백 년의 세월이 흐르는 동안, 살아 있는 생물처럼 진화해 현재 수준에 이르렀다.

우건은 한글을 공부하며 시간을 죽였다.

수연은 1층 승강기의 문이 열리기를 초조하게 기다렸다. 인수인계에 시간이 조금 걸리는 바람에 5분쯤 지각한 상태였다.

　　덜컹!

　　승강기 문이 열리는 순간, 의사 가운을 입은 남자가 문 앞으로 다가왔다. 안경을 착용한 모습이 아주 지적인 남자였다.

　　"이런."

　　수연을 본 그는 승강기 안으로 뻗으려던 발을 황급히 접으며 옆으로 비켜섰다. 수연은 그에게 목례하며 밖으로 나왔다.

　　그가 지나가려는 수연을 붙잡았다.

　　"오랜만이야."

　　수연은 입술을 깨물며 돌아섰다.

　　"예, 오랜만이에요."

　　로비 접수대 위에 있는 시계를 보며 그가 물었다.

　　"커피 한 잔 마실 시간 있을까?"

　　"죄송해요. 선약이 있어서요."

　　"그래? 선약이 있다면 어쩔 수 없지."

　　수연이 머리를 숙였다.

"그날 일은 죄송했어요."

그가 긴 손가락으로 안경을 치켜 올리며 미소 지었다.

"아니야. 사과할 필요 없어. 미안한 사람은 오히려 나지. 후배를 시켜 강제로 자리를 만든 사람은 나니까. 혹시 말이야…."

"말씀하세요."

"그때 한 질문을 지금 다시 한다면 대답이 달라질 수 있을까?"

수연은 고개를 저었다.

"아니요. 대답은 그때나, 지금이나 똑같아요."

"그렇군. 바쁜 모양인데 어서 가봐."

"예, 그럼."

인사한 수연은 로비를 통과해 병원 밖으로 나갔다.

남자의 시선이 그런 수연의 뒤를 쫓았다.

병원을 나온 수연이 두리번거리며 누군가를 찾는 모습이 유리문을 통해 보였다. 찾는 사람을 찾은 듯 그녀의 얼굴에 환한 미소가 번졌다. 그에겐 보여 준 적이 없는 미소였다.

그녀 앞으로 체격이 건장한 사내가 걸어왔다. 행색이 추레한 사내였다. 얼굴이 보이지 않아 미남인지, 아닌지는 모르겠지만 어차피 상관없었다. 상대가 사내라는 사실이 중요했다.

안경을 벗어 먼지를 닦는 남자의 손길이 부들부들 떨렸다. 지적이던 인상이 안경을 벗는 순간, 날카로운 분위기를 풍겼다. 그리고 눈에선 숨길 수 없는 질투의 감정이 묻어나왔다.

찬바람이 일 정도로 돌아선 남자가 승강기 버튼을 신경질적으로 여러 번 눌렀다. 승강기 문 주위에는 많은 사람들이 있었지만 그에게 그만두라는 말을 할 수 있는 사람은 없었다.

적어도 이 병원에서는.

한편, 수연은 우건과 함께 근처 쇼핑몰을 찾았다.

쇼핑몰 지하주차장에 차를 주차한 수연은 그를 3층으로 데려갔다. 3층에는 남성복과 남성용품을 파는 매장이 모여 있었다.

"저 매장이 좋겠어요."

수연은 쇼핑이 처음인 우건을 위해 옷을 대신 골라주었다. 바지와 상의, 양말, 벨트, 구두 등을 넉넉히 고른 후에는 기성복 매장에 들러 검은색 정장을 샀다. 그리고 생활용품 매장을 찾아 면도기와 면도크림, 칫솔, 로션 등을 구입했다.

쇼핑을 마쳤을 땐 사람이 아니라, 짐 덩어리가 움직이는 듯했다.

돌아가기 위해 1층으로 내려가는 에스컬레이터에 오른

수연이 고개를 갸웃거렸다. 뭔가 빠진 물건이 있는 모양이었다.

"아차!"

자기 머리를 콩 쥐어박은 수연이 우건의 팔을 잡았다.

"다시 돌아가요. 깜박 잊고 안 산 물건이 있어요."

"무엇이오?"

"속옷을 안 샀어요."

수연은 미리 봐둔 속옷 매장으로 우건을 데려갔다. 남성용 속옷을 전문으로 파는 매장이었다. 수연은 매장 직원에게 이것저것 물어보며 우건에게 어울리는 속옷을 10여 장 골랐다.

수연이 우건의 속옷을 고르는 동안, 정작 그 속옷의 주인인 그는 왠지 쑥스러운 느낌이 들어 바깥을 구경하는 척했다.

속옷을 포장해주던 여자 직원이 웃으며 물었다.

"혹시 같이 온 분이 남편인가요? 호호, 이렇게 미인에 센스까지 갖춘 부인을 두신 저 분은 전생에 나라를 구했나보네요."

수연은 당황한 표정으로 대답했다.

"우, 우린 그런 사이 아니에요."

"죄송해요. 제가 쓸데없는 말을."

서둘러 계산한 수연은 우건에게 사온 속옷을 팽개치듯 건넸다.

"우 소협이 입을 속옷이니까 우 소협이 들어요."

속옷이 든 가방을 건넨 수연이 두리번거리며 무언가를 찾았다.

"저기 있네요. 우리 푸드코트에서 저녁 먹고 들어가요."

두 사람은 푸드코트를 찾아 김밥으로 간단히 요기했다.

식사가 거의 끝나갈 무렵, 수연이 가방 안을 뒤적였다.

"이상하다. 분명 여기다 두었을 텐데…… 아, 여기 있었네요."

수연이 가방 안에서 길쭉한 통을 꺼내 건넸다.

우건이 통을 받으며 물었다.

"이게 무엇이오?"

"휴대용 산소통이에요. 압축산소에 관심이 많은 것 같아서요."

"으음."

우건은 수연의 도움을 받아 휴대용 산소통을 사용해보았다.

한세동의 연공실에서 느꼈던 순수한 기운이 쏟아져 들어왔다. 우건은 즉시 천지조화인심공을 운기했다. 호흡을 통해 받아들인 순수한 기운이 단전과 혈맥을 오가는 동안, 점차 내력으로 변하기 시작했다. 확실히 평소보다 훨씬 빠른 속도로, 그리고 훨씬 많은 양의 내력을 단전에 쌓을 수 있었다.

가설이 실제로 통한다는 사실을 증명하는 순간이었다.

우건이 그녀에게 머리를 숙였다.

"고맙소."

"또 그러시네요."

피식 웃은 수연은 가방에서 물건을 하나 더 꺼냈다.

"스마트폰이에요. 제 이름으로 개통했으니까 가지고 다녀요."

수연은 휴대전화를 전혀 쓸 줄 모르는 우건을 위해 조작법을 자세히 설명했다. 오성이 뛰어난 우건은 어렵지 않게 배울 수 있었다. 연락처에는 수연이 평소에 사용하는 휴대전화 번호가 들어 있었다. 그녀가 미리 적어둔 모양이었다.

수연이 스마트폰 기능을 설명했다.

"여길 누르면 인터넷에 들어갈 수 있어요."

조작법을 설명하던 수연이 갑자기 눈을 크게 뜨며 스마트폰 화면을 주시했다. 수연의 갈색 눈동자가 빠르게 움직였다.

"검찰에서 명진제약 본사를 막 압수수색했대요. 압수수색한 이유는 탈세와 금융거래관련법 위반, 의약법 위반 등이에요. 그리고 사장 등 임원에 대한 영장을 같이 발부했어요."

수연이 스마트폰을 내려놓으며 안도의 숨을 내쉬었다.

"이젠 정말 끝났군요."

우건은 물을 마시며 고개를 끄덕였다.

"그 친구들이 일을 잘 처리한 모양이오."

"특무대요?"

"그렇소."

두 사람은 한결 편한 마음으로 귀가를 서둘렀다. 집에 도착한 수연은 먼저 오늘 쇼핑한 물건부터 우건의 방으로 옮겼다.

"놔두시오. 내가 옮기겠소."

우건이 그녀를 제지하려는 순간, 수연이 쇼핑백 안에서 상의와 바지, 그리고 속옷을 건넸다. 또 그녀가 가진 미용가방 중 하나에 면도기와 면도크림, 칫솔을 넣어 같이 건넸다.

"가서 씻어요. 면도도 하시고요. 옷 정리는 저에게 맡기고요."

"괜찮소."

뒤로 돌아간 수연이 그의 등을 욕실 안으로 밀었다.

"글쎄 제 말대로 하시라니까요."

우건이 힘을 주면 밀릴 리 없었다. 그와 그녀의 근력을 비교하면 개미가 호랑이 등을 떠미는 상황과 별로 다르지 않았다.

그러나 우건은 못이기는 척 그녀에게 떠밀려 욕실 안으로 들어갔다. 수연은 욕조에 물을 받으며 목욕용품을 설명했다.

"이건 머리 감을 때 쓰는 샴푸예요. 그리고 이건 트리트먼트 린스인데 우 소협을 머리가 짧으니까 쓸 필요가 없을 거예요. 수건은 서랍장 위에 있어요. 샤워가운은 그 옆에 있고요. 아, 그리고 샤워기 꼭지를 이쪽으로 돌리면 뜨거운 물이 나와요. 당연히 반대편으로 돌리면 차가운 물이 나오고요. 벗은 옷은 이 세탁바구니에 넣어둬요. 우 소협이 반대하지 않으면 이 옷들은 세탁해서 근처 옷 수거함에 넣을게요."

"그렇게 하시오."

설명을 마친 수연은 욕실 밖으로 나가 문을 닫아주었다.

세면대 앞에 선 우건은 고개를 들어 거울에 비친 자신의 얼굴을 바라보았다. 머리카락이 몇 달 사이에 꽤 자라 있었다.

수술을 위해 머리카락을 다 민 적이 한 번 있었다. 한데 짧은 머리가 생각보다 편한 탓에 병원에 있을 땐 짧게 유지했다.

우건은 거뭇하게 자란 턱수염을 쓰다듬었다. 수염은 원래 기르지 않았다. 다만, 요 며칠 일이 바빠 깎을 생각을 못했다.

한참을 보았더니 거울 속에 있는 우건이 말을 걸어오는 듯했다.

정말 괜찮나?

그녀와 인연을 계속 이어가는 게 불안하지 않아?

너는 손속이 잔혹해 적을 만드는 데 주저하지 않는 혈검선이야.

악인들의 피를 빨아먹으며 사는, 그래서 악인들에게 공적으로 꼽히는 위험한 놈이란 말이야. 그녀가 네 옆에 있으면 언젠간 너로 인해 그녀가 피해를 볼 거야. 그래도 괜찮겠어?

우건은 세면대의 물을 얼굴에 끼얹었다.

그리고 다시 거울을 응시했다.

얼굴과 수염에서 물방울이 뚝뚝 떨어지는 우건이 다시 물었다.

그녀의 제안을 왜 받아들였지?

너는 그녀를 사매의 대용품으로 생각한 건가?

너는 겉으론 인정하지 않지만 과거로 돌아갈 방법이 없단 사실을 이미 알았던 거야. 그래서 다시 만날 수 없는 사매 대신에, 사매와 꼭 닮은 그녀 곁에 머물기로 한 거 아닌가?

우건은 심마(心魔)를 쫓아내기 위해 천지조화인심공을 운기했다. 과연 정종 도문의 심법은 위력이 대단해 머리가 명경지수처럼 맑아졌다. 심마는 무인의 가장 큰 적이었다. 심마에 깊이 빠지면 늪에 빠진 것처럼 헤어 나올 방법이 없었다.

우건은 거울 앞에서 옷을 벗었다.

보름 넘게 입은 옷은 땟국이 줄줄 흘렀다.

점퍼와 남방, 바지, 속옷과 양말을 차례대로 벗었다.

욕실 조명을 받은 우건의 나신에 짙은 음영이 드리웠다.

우건의 몸은 무공을 익히기에 완벽한 몸이었다.

그야말로 신이 공들여 빚은 것처럼 완벽한 비율을 자랑
했다.

적당한 길이로 뻗은 팔다리와 넓은 어깨, 단단한 등은 감
탄을 넘어 아름답다는 느낌이 들 지경이었다. 더욱이 그 몸
을 감싼 철갑(鐵甲)과 같은 근육은 아름다움에 힘을 더했
다.

우건은 수연이 물을 받아둔 욕조에 들어가 몸을 녹였다.

피곤이 싹 풀리는 느낌이었다. 욕조 밑으로 잠수한 우건
은 10여 분 후에 다시 나와 욕조 모서리에 젖은 머리를 기
댔다.

그런 우건의 눈에 샤워기가 보였다.

수연의 말대로 샤워꼭지 방향에 따라 나오는 물이 달랐
다. 오른쪽으로 돌리면 더운물이, 왼쪽으로 돌리면 찬물이
나왔다.

우건은 이곳 사람들은 편하겠단 생각이 들었다. 그가 살
던 곳에선 물을 덥히기 위해 고단한 과정을 거쳐야 했다.
일단, 물을 구하는 일 자체가 힘들었다. 그러나 이곳에선

수도꼭지를 열면 물이 무한정 쏟아졌다. 수도세를 내야하기는 하지만 물을 구하는 데 들어가는 수고에 비할 바 아니었다.

물을 구한 후에는 솥에 부어 덥혀야했다. 그리고 물을 덥히면 그걸 다시 일일이 퍼서 욕조에 옮겨야했다. 그러나 이곳에선 이 모든 과정이 샤워기 꼭지를 돌리는 일로 가능했다.

욕조의 물이 차가워졌을 무렵, 우건은 밖으로 나와 몸을 씻었다. 수연이 가르쳐준 대로 머리를 감았다. 그리고 면도를 했다. 그러나 수연은 그에게 수건이 필요 없단 사실을 몰랐다.

치이익!

우건은 삼매진화(三昧眞火)를 일으켜 몸에 묻은 물기를 없앴다. 금룡등천단을 복용하기 전에는 삼매진화를 일으킬 내력이 없었지만 지금은 있었다. 수건으로 닦을 이유가 없었다.

벗은 옷가지는 수연이 말한 세탁바구니에 넣었다.

이제 나가는 일만 남았다.

한데 샤워가운을 입는 일은 왠지 내키지가 않았다. 맨몸에 달랑 가운 하나만 걸친 상태로 수연을 대할 자신이 없었다.

다행히 오래 고민할 필요가 없었다.

똑똑!

문을 두드리는 소리와 함께 수연의 목소리가 들려왔다.

"다 씻었어요?"

"다 씻었소."

"그럼 갈아입을 옷을 넣어드릴게요."

문을 살짝 연 수연이 그 틈으로 옷가지를 건네주었다.

우건은 옷을 받아 몸에 걸쳤다.

속옷과 상의, 바지 모두 어두운색 계열이었다.

옷을 다 입은 우건은 욕실 밖으로 나왔다.

소파에 앉아 있던 수연이 커피가 든 잔을 건넸다.

"마셔요."

"고맙소."

그녀와 커피를 마신 후에 방으로 돌아온 우건은 옷장 안에 오늘 산 옷들이 가지런히 걸려 있는 모습을 보았다. 옷장 밑에 있는 서랍에는 속옷과 내의, 양말 등이 들어 있었다.

우건이 씻는 동안, 수연이 옷을 정리해둔 모양이었다.

우건과 수연은 그렇게 동거 아닌 동거를 하며 한 달을 같이 살았다. 병원 일이 바쁜 수연은 얼굴 보기가 쉽지 않았다.

우건과 수연은 룸메이트가 으레 그렇듯 가사를 분담해 처리했다. 우건은 바쁜 수연을 위해 청소와 세탁을 맡았다.

그리고 수연은 요리를 못하는 우건을 위해서 음식을 만들었다.

우건의 일상생활은 단순했다.

새벽 일찍 일어나 운기조식에 들어갔다. 그리고 운기조식을 마친 후에는 수연과 아침을 먹거나, 아니면 집안일을 했다.

간단한 세탁물은 세탁기에 돌렸다. 그리고 복잡한 세탁물은 근처 세탁소에 맡겼다. 세탁이 끝나면 진공청소기로 집 안을 청소한 다음, 산책하러 나갔다. 근처에 좋은 공원이 있어 점심 무렵에는 잠시 산책하다가 공원 옆 커피숍에 들러 커피를 마셨다. 물론, 설탕을 넣지 않은 아메리카노였다. 아메리카노가 질릴 때는 아예 진한 에스프레소를 주문했다.

커피숍에서 돌아온 후엔 주로 운기조식을 하며 지냈다. 그리고 시간이 날 때마다 한글을 공부했다. 한글을 공부한 지 한 달이 지났을 때는 읽지 못해 곤경에 처하는 경우가 없었다.

운기조식하던 우건은 답답함을 느꼈다.

이래서는 내력을 연성하는 데 너무 많은 시간이 걸렸다.

집을 나온 우건은 옥상으로 올라갔다.

옥상에는 옥탑방이 있었다. 수연의 부모님이 살아계실 땐 세입자가 거주한 모양이지만 지금은 창고로 사용하는 듯했다.

우건은 창고 안을 둘러보았다.

창고 안을 청소한 다음, 압축 산소통을 몇 개 가져다놓으면 개인연공실로 괜찮을 듯했다. 물론, 옥탑방 벽과 지붕은 보강을 꼭 해야 했다. 지금은 적의 기습에 취약한 구조였다.

그러나 집 주인은 그가 아니었다.

그는 수연이 돌아오길 기다리며 운기조식에 들어갔다.

수연은 밤늦게 돌아왔다. 병원 일이 피곤한 모양인 듯 방에 들어간 그녀가 곧장 곯아떨어져 말을 붙여볼 틈이 없었다.

다음 날 일찍 출근한 그녀를 배웅한 우건은 맡긴 세탁물을 찾아오기 위해 수연의원 건너편에 있는 세탁소를 방문했다.

우건의 얼굴을 기억한 세탁소 주인이 세탁을 마친 세탁물을 찾아 건네주었다. 대부분 수연의 옷이었다. 그녀는 주로 정장을 입었기 때문에 드라이클리닝이 필요한 옷이 많았다.

10여 벌의 옷을 등에 걸머진 우건이 돌아가기 위해 수연의원으로 발길을 옮길 때였다. 자연스럽게 퍼트려놓은 기파 안으로 이질적인 기운이 느껴졌다. 우건은 급히 주위를 살폈다. 그가 돌아보는 순간, 이질적인 기운은 금세 사라졌다.

우건은 미간을 찌푸렸다.

살기가 분명했다. 더구나 이런 미약한, 그리고 끈질긴 살기를 배출하는 부류는 하나밖에 없었다. 바로 살수(殺手)였다.

우건은 살수가 있던 방향을 잠시 지켜보다가 다시 수연의원으로 걸어갔다. 살수가 노리는 목표가 누군지 알 수 없었다. 그러나 그, 수연을 노리는 살수라면 다시 돌아올 터였다.

한데 이상한 일은 거기서 끝나지 않았다.

우건은 2층 계단에 올려놓은 발을 떼며 뒤로 돌아섰다.

수연의원은 1차선 도로 세 개가 삼거리처럼 관통하는 작은 광장 북쪽에 위치했다. 그리고 세탁소는 남쪽에 있었다. 한데 의원과 세탁소 사이에 있는 3층 건물에 누가 새로 이사 온 듯 이사 업체 직원들이 열심히 짐을 나르는 중이었다.

우건의 발길을 잡아끈 것은 뒷짐을 진 자세로 직원을 감독하는 중년사내였다. 중년사내는 팔이 아주 길었다. 뒷짐이 허리에 있는 것이 아니라, 거의 엉덩이 밑에 내려가 있었다.

중년사내가 짐을 나르는 직원 하나를 타박했다.

"이봐, 조심해! 그거 엄청나게 비싼 물건이야!"

"예, 예."

고개를 숙인 직원은 시키는 대로 짐을 더 조심스레 옮겼다.

우건은 그를 향해 걸어갔다.

우건의 기척을 느낀 듯 중년사내가 휙 돌아섰다.

중년사내는 바로 한 달 전 헤어졌던 쾌수 원공후였다.

원공후가 짐짓 놀란 표정을 지으며 능청스레 물었다.

"어라, 주공 아니십니까?"

"지금 뭐하는 거요?"

"보시다시피 이사하는 중이지요. 한데 주공께선 웬일이십니까?"

"지금 이 일이 우연이라는 거요?"

"하하, 살다보면 믿기 힘든 일이 일어날 때가 있는 법이지요."

우건은 기세를 약간 개방했다.

그 순간, 우건의 몸 주위에서 세찬 경풍이 일었다. 우건이 어깨에 걸머진 세탁물이 강풍을 만난 깃발처럼 펄럭거렸다.

움찔한 원공후가 급히 물러섰다.

"진, 진정하십시오."

우건은 원공후의 눈을 직시하며 물었다.

"이곳은 어떻게 찾았소?"

"차, 차에 있던 렌터카 영수증을 살짝 훔쳐봤습니다. 전화번호로 집 주소를 알아내는 일이야 저 같은 도둑에겐 껌이지요."

"다른 데 다 놔두고 굳이 이곳으로 온 이유가 뭐요?"

원공후가 침을 튀겨가며 열변을 토했다.

"노복의 임무가 대체 뭐겠습니까? 주공을 잘 모시는 일이 아니겠습니까. 그리고 잘 모시려면 주공과 가까운 장소에 살아야 하는데 마침 이 3층 건물이 싸게 나왔기에 구입했을 뿐입니다. 하늘에 맹세코 그 이유 외에 다른 이유는 없습니다."

우건은 한마디 하려다가 그만두었다.

수연에 따르면 대한민국에는 거주이전의 자유가 있었다.

옆에 누가 이사 오든, 그건 이사 오는 사람의 자유였다.

이는 다른 사람이 침해할 수 없는 기본 권리였다.

우건은 원공후와 그가 이사 온 3층 건물을 보다가 돌아섰다.

원공후가 기다렸다는 듯 따라오며 물었다.

"한데 주모님은 집에 계십니까? 아님 병원에?"

우건은 그를 돌아보며 미간을 찌푸렸다.

"전에 말하지 않았소. 그녀와 나는 그런 사이가 아니오."

원공후가 우건이 걸머진 세탁물을 흘깃 보며 물었다.

"세탁소에서 옷을 찾아오시나봅니다. 그건 주모님 옷인가요?"

원공후는 넉살좋게 받아치다가 우건의 강렬한 눈빛을 받곤 자라처럼 목을 움츠렸다. 우건이 무섭기는 한 모양이었다.

걸음을 멈춘 원공후가 반절하며 말했다.

"앞으로 자주 찾아뵙겠습니다. 전 이사가 끝나지 않아서이만."

원공후는 다시 3층 건물로 돌아가 이사 업체 직원들을 감독했다. 우건은 한숨을 쉬며 2층 문을 열었다. 원공후가 이사 온 일을 기뻐해야하는 건지, 싫어해야하는 건지 헷갈렸다.

아무튼 복잡한 마음이었다.

"다녀왔어요."

그날 밤늦게 퇴근한 수연은 힘없이 인사한 후에 자기 방으로 들어가 나오지 않았다. 거실에 앉아 텔레비전을 보던 우건은 그녀의 방 앞에 걸어가 귀를 기울였다. 예의에 어긋나는 일이었다. 그러나 지금은 어쩔 수 없었다. 그녀의 방에서 낮게 깔린 울음소리가 흘러나왔다. 수연이 이불을 덮어쓴 채 우는 모양이었다. 우건은 지체 없이 방문을 두들겼다.

4장. 두 번째 사매

우건은 조심스레 물었다.

"소저, 나요. 잠시 얘기할 수 있겠소?"

방 안에서 물기 어린 음성이 들려왔다.

"미, 미안해요. 지금은 혼자 있고 싶어요."

"알겠소."

우건은 방문 앞에 잠시 서 있다가 소파로 돌아갔다.

텔레비전에서는 마감뉴스가 한창이었다.

시선은 텔레비전 화면에 가 있지만 귀는 수연의 방을 주시했다.

마감뉴스가 거의 끝나갈 무렵, 수연의 방에서 부스럭거

리는 소리가 들렸다. 우건은 리모컨으로 텔레비전 소리를 줄였다.

딸칵!

문이 열리며 옷을 갈아입은 수연이 나왔다.

"아깐 미안했어요."

웃으며 말했지만 그녀의 붉어진 눈가를 보니 가슴이 아팠다.

"커피 드릴까요?"

"내가 타겠소. 소저는 앉아 있으시오."

"그래 줄래요?"

우건은 주방에 있는 에스프레소머신에 걸어가 커피를 뽑았다.

커피를 좋아하는 우건을 위해 수연이 비싼 돈을 들여 장만한 기계였다. 우건은 익숙한 손놀림으로 에스프레소 두잔을 뽑은 다음, 뜨거운 물을 타 아메리카노로 만들었다. 우건은 에스프레소가 취향에 맞았지만 수연은 아메리카노를 더 좋아했다. 우건은 아메리카노가 든 머그컵을 건넸다.

수연이 소파에 두 발을 올린 자세로 머그컵을 받았다.

"고마워요."

우건은 소파 끝에 앉으며 물었다.

"무슨 일이 있었소?"

커피를 한 모금 마신 수연이 손가락으로 눈가를 다시 훔쳤다.

"별일 없었어요."

"아니라는 것을 우리 둘 다 알지 않소."

수연은 한숨을 쉬며 우건을 보았다.

"오늘 환자가 사망했어요."

"환자가 죽을 때마다 슬퍼하는 거요?"

수연은 고개를 저었다.

"그건 아니에요. 하지만 가끔은 감정이 복받칠 때가 있어요. 환자는 다 똑같지만 유독 마음이 가는 환자가 있기 마련이잖아요. 오늘 사망한 환자는 어린 소녀였어요. 이제 막 중학교에 올라갈 나이인데 음주운전자가 모는 차에 뺑소니를 당해 실려 왔어요. 아직 한창 자랄 나이였는데……."

말을 잇지 못한 수연은 결국 고개를 떨어트렸다. 곧 훌쩍이는 소리가 들렸다. 우건은 손을 뻗어 위로하려다가 그만뒀다.

우건은 대신 화제를 다른 데로 돌리는 방법을 택했다.

"의원 앞에 있는 3층 건물 아시오?"

눈물을 훔친 수연이 고개를 들었다.

"건축사무소가 있던 빌딩이요? 며칠 전에 보니까 비어 있던데요."

"맞소. 그 빌딩."

"그 빌딩이 왜요?"

"오늘 누가 그 빌딩에 새로 이사 왔소."

"누군데요?"

"원공후요."

수연이 뭔가를 기억해내려는 듯 눈을 가늘게 떴다.

"아, 양주에서 만났던 그 아저씨!"

"그렇소."

"그 아저씨가 왜 이곳으로 이사를 왔을까요?"

"자기 말로는 한세동의 거처에서 그를 풀어줄 때 맺었던 맹약(盟約)을 이행하기 위해 왔다는데 그게 다는 아닌 것 같소."

수연은 그에게서 원공후와 맺은 맹약의 내용을 들은 적 있었다.

"우 소협이 그를 풀어주면 그 대가로 원공후라는 아저씨가 평생 우 소협의 하인을 자처하겠다던 그 약속을 말하는 거예요?"

"그렇소."

"신뢰할 만한 사람이 아니라고 하지 않았어요?"

"그 생각엔 아직 변함없소. 아마 그 이유가 전부는 아닐 거요."

수연이 조심스레 물었다.

"그 아저씨 조심해야 하는 건가요?"

"아니오. 하지만 완전히 믿진 마시오."

"알았어요."

고개를 끄덕이는 수연을 보며 우건이 물었다.

"소저에게 부탁할 일이 하나 있소."

수연이 호기심이 가득한 눈으로 물었다.

"저에게 부탁을요? 이거 왠지 기쁜데요? 그래, 부탁이 뭐에요?"

"옥상에 있는 창고를 내가 썼음 하오."

"어렵지 않은 일이긴 한데 이유를 알 수 있을까요?"

"일전에 내가 잃어버린 내력을 회복하는 문제로 고민 중 이란 사실을 소저에게 말한 적이 있을 거요. 한데 압축산소 를 이용하면 내력을 지금보다 훨씬 빨리 회복할 수 있단 확 신이 요 며칠 사이에 생겼소. 해서 옥상 창고에 압축산소가 든 통을 설치해 심법을 수련하는 개인 연공실로 만들려는 것이오. 물론, 들어가는 비용은 모두 내가 지불할 생각이 오."

수연은 바로 승낙했다.

"그렇게 하세요."

두 사람은 남은 커피를 마시며 대화를 나누었다.

주로 일상적인 내용이었다.

요즘은 수연이 정신없이 바쁜 통에 대화할 시간이 많지

않았다.

시계를 본 수연이 먼저 일어섰다.

"이런, 늦었네요. 전 내일 일찍 출근해야 해서 들어가 볼 게요."

"주무시오."

방으로 걸어가던 수연이 갑자기 돌아서며 물었다.

"심법을 배우면 어떤 점이 좋아져요?"

"뭘 배우냐에 다르겠지만 신체가 가진 기능을 끌어올릴 수가 있소. 또, 마음을 다스리거나, 피로를 푸는 데 효과가 있소."

수연이 다가오며 물었다.

"제가 심법을 배우면 의사 일을 더 잘할 수 있을까요?"

"내가 의사가 아니라 확신은 못하지만 나쁘지는 않을 듯 하오."

"제가 심법을 가르쳐달라면 가르쳐줄 수 있나요?"

우건은 그녀가 심법에 대해 물어볼 때부터 이미 이 질문 이 나오리라 예상한 터였다. 그러나 실제로 그 질문을 들 었을 때는 당황할 수밖에 없었다. 그만큼 의외의 상황이었 다.

"으음."

수연이 실망한 표정으로 고개를 끄덕였다.

"역시 아무에게나 가르쳐줄 수 없는 건가 보군요."

"맞소. 태을문에는 외인에게 무공을 전수하지 못하게 하는 엄한 문규(門規)가 있소. 거의 천 년 넘게 이어져온 문규요."

"이해해요."

"그러나 방법이 전혀 없진 않소."

우건의 말에 수연이 다급히 물었다.

"어떤 방법인데요?"

"태을문에 입문하는 방법이오."

수연은 지체 없이 대답했다.

"입문할게요."

우건은 고개를 저었다.

"무림문파에 입문하는 일은 한순간의 충동이나, 일시적인 감정으로 결정할 문제가 아니오. 깊은 숙고가 필요한 일이오."

수연은 알았다는 듯 고개를 끄덕였다.

"우 소협 말이 맞아요. 제가 좀 성급했어요."

시간이 늦은 관계로 두 사람은 각자 잠자리에 들었다.

그렇게 며칠이 지났을 무렵, 우건은 매일 하던 대로 산책을 나섰다. 그리고 산책을 마친 후에는 커피숍에 들렀다. 집에 에스프레소머신이 있긴 하지만 커피숍에서 먹는 커피는 맛이 또 달랐다. 그리고 무엇보다 사람을 구경할 수 있었다.

"같은 걸로 주문해드릴까요?"

머리를 단발로 자른 귀여운 웨이트리스가 물었다.

"그렇게 해주시오."

"금방 가져다드릴게요."

웃으며 대답한 웨이트리스가 카운터로 돌아갔다.

우건은 커피가 오기를 기다리며 창밖으로 시선을 돌렸다. 아이 손을 잡은 엄마와 학원에 늦은 듯 바삐 뛰어가는 어린 학생의 모습이 보였다. 우건은 그 모습을 보면서 며칠 전 느꼈던 살기를 다시 떠올렸다. 살수의 살기가 분명했다.

누군가의 청부를 받아 표적을 살해하는 살수는 무인과는 다른 살기를 풍겼다. 살수는 기척을 감지하는 능력이 아주 뛰어나지 않으면 거의 발견하기 힘든 미세한 살기를 발출했다. 그리고 살기의 종류 역시 달랐다. 그들은 아주 음습하면서 동시에 쉽게 떨치기 힘든 끈질긴 살기를 발출했다.

다행히 그날 이후에는 살수의 살기를 느끼지 못했다. 혹시 몰라 수연을 며칠 미행해보았는데 그녀를 노리는 살수 역시 발견하지 못했다. 안심한 우건은 오늘에야 미행을 풀었다.

커피를 마신 우건은 커피 값에 팁을 두둑이 얹어 테이블에 놓아두었다. 수연에게 한국에선 팁을 주는 문화가 없다는 말을 들었지만 꼭 이곳의 문화를 다 따라야하는 건 아니라는 생각이 들었다. 적응과 맹목적인 수용은 다른 법이니까.

"매번 감사합니다."

웨이트리스의 밝은 목소리를 들으며 커피숍을 나온 우건은 상가를 돌며 압축산소를 파는 상점이 있나 찾았다. 그러나 발품을 꽤 팔았지만 원하는 물건을 파는 상점은 없었다.

하는 수 없이 집으로 돌아가려는데 누군가가 따라붙는 느낌을 받았다. 익숙한 기척이었다. 애써 무시하려는 우건 앞을 원공후가 재빨리 막아서며 특유의 넉살 좋은 미소를 흘렸다.

"헤헤, 집으로 돌아가는 길이십니까?"

"그렇소."

"이렇게 공교로울 데가 있나. 인테리어가 막 끝난 참이라, 주공을 한번 모셔야겠다는 생각을 하던 차였는데 이렇게 중간에 딱 만났지 뭡니까? 전 역시 운이 좋은 놈인가 봅니다."

우건은 원공후의 초대를 거절하려다가 이내 마음을 바꿔 먹었다. 원공후는 이곳에서 17년을 살았다. 그보다는 이곳 생활을 잘 알 것이 틀림없었다. 어쩌면 일이 잘 풀릴 듯했다.

"좋소. 어디 얼마나 잘 꾸며놨는지 한번 봅시다."

원공후는 뛸 듯이 기뻐하며 우건을 자기 집으로 초대했다. 원공후가 이번에 사들인 3층 건물은 콘크리트를 두껍게 쌓아올린 단단한 구조로 이루어져 있었다. 그리고 건물 뒤에는 차량 대여섯 대가 주차할 수 있는 넓은 주차장이 있었다.

정문 앞에 선 원공후가 인터폰을 눌렀다.

화상통화가 가능한 인터폰인 듯 화면에 불이 들어왔다.

뒤이어 안경을 착용한 수척한 인상의 사내가 모습을 드러냈다.

딸칵!

원공후의 얼굴을 본 사내가 문을 열어주었다.

우건은 안으로 들어가 1층을 둘러보았다.

1층은 넓게 뚫려 있었다. 군데군데 박힌 기둥 외엔 시야를 가로막는 물건이 없었다. 넓은 공간 가운데에는 고급 원목으로 만든 커다란 원형 테이블과 의자가 있었다. 그리고 그 옆에는 당구대와 탁구대 등 여가를 즐기는 수단이 있었다.

공간 가장 안쪽에는 술병을 진열해놓은 바가 있었다. 술의 종류가 수백 종류에 달해 술병으로 벽을 만들어놓은 듯했다.

"이번에 제가 심혈을 기울여 만든 바(bar)입니다. 어떻습니까?"

"바가 무엇이오?"

"술을 마시는 공간으로 이해하시면 편합니다."

바 뒤에는 검은색 조끼를 입은 덩치 큰 사내가 나와 있었다.

원공후를 본 사내가 달려와 꾸벅 인사했다.

"오셨습니까?"

원공후가 사내에게 말했다.

"인사드려라. 이분이 바로 내가 말한 주공 우건, 우 대협이시다."

덩치 큰 사내가 갑자기 큰절을 올렸다.

"절 받으십시오, 주공. 김은(金銀)이라 합니다."

김은을 소개받은 우건은 원공후의 재촉을 받아 2층으로 올라갔다. 2층으로 올라가는 방법은 두 가지였다. 하나는 계단, 그리고 다른 하나는 승강기였다. 3층 건물에 설치한 승강기는 조금 과해보였지만 원공후는 별로 개의치 않는 듯했다.

2층은 가정집이었다.

널찍한 거실에 식당 주방처럼 커다란 부엌이 딸려 있었다. 방은 무려 일곱 개였다. 몇 가족이 모여살 수 있는 규모였다.

2층에는 화상 통화할 때 본 수척한 인상의 사내가 서 있었다.

원공후의 눈짓을 받은 사내가 허리를 반으로 접었다.

"김동(金銅)이라 합니다."

원공후가 주변을 둘러보며 물었다.

"막내는 어디 갔느냐?"

"귀한 손님이 오신다는 말을 듣고는 식사 준비에 한창입니다."

"어서 데려와라."

"예."

대답한 김동은 얼른 부엌으로 달려가 작달막한 사내를 데려왔다. 키는 1미터 60센티미터를 간신히 넘을 듯했다. 그러나 몸이 옆으로 퍼져 있어 작다는 느낌이 전혀 들지 않았다.

김동에게 언질을 받은 사내가 큰절을 올렸다.

"김철(金鐵)입니다."

김철이 마지막인 듯했다.

원공후는 우건을 바로 3층에 데려갔다.

3층은 뚫려 있는 1층, 2층과 달리 육중한 철문에 막혀 있었다.

우건은 3층에 들어가 안을 둘러보았다.

2층처럼 가정집으로 꾸며놓았지만 규모가 훨씬 작았다. 그리고 집을 꾸미는 데 사용한 가구와 벽지, 장식품, 가전 제품이 모두 최고급제품이었다. 윤기가 흐르는 원목 장식장에는 사진이 든 액자가 많았는데 아이들 사진이 대부분이었다.

우건이 사진에 관심을 보이길 기다린 듯 원공후가 얼른 말했다.

"제가 후원하는 아이들 사진입니다."

"아이들을 후원하오?"

"주공 눈엔 이 노복이 천하의 몹쓸 도둑놈으로 보이겠지만 전 그렇게 나쁜 놈은 아닙니다. 가난한 이들을 등친 적이 없을 뿐 아니라, 훔친 돈으론 이렇게 좋은 일을 하며 삽니다."

우건은 시선을 돌려 2층을 보았다.

"그보다 아까 그 자들은 누구요?"

"낳아준 어미가 다 달라 생긴 건 전혀 닮지 않았지만 틀림없는 삼형제입니다. 이복형제지요. 몇 년 전에 제가 먼저 찜한 집을 털다가 저에게 붙잡힌 적이 있었는데 마땅히 부릴 사람이 없어 불렀습니다. 저들에게 무공을 가르치며 지낼 생각입니다. 셋 다 근골이 뛰어나 보람은 꽤 있을 듯합니다."

"이곳을 도둑소굴로 만들려는 거요?"

원공후가 당황한 표정으로 손사래를 쳤다.

"전 정말 그 일에서 손 뗐습니다. 삼형제 역시 마찬가지고요."

"그 말이 진심이길 바라겠소."

원공후가 손가락으로 천장을 가리켰다.

"하늘에 맹세코 진심입니다. 제가 이 맹세를 어길 경우, 세상에서 가장 비참한, 그리고 가장 끔찍한 방법으로 죽을 겁니다."

맹세한 원공후는 우건을 2층으로 다시 데려갔다.

식사 준비가 끝난 듯했다.

식탁에 산해진미가 가득했다.

원공후가 김철을 가리켰다.

"저놈이 저래 생겼어도 음식솜씨 하난 기가 막힙니다. 드셔보십시오. 전문 주방장이 만든 요리보다 백밴 나을 겁니다."

요리는 한국음식과 중국음식이 섞여 있었다. 한데 중국음식은 대부분 매콤한 사천(四川)식에 가까웠다. 우건은 원공후가 권하는 음식을 맛보았다. 확실히 음식솜씨가 뛰어났다.

특히, 사천지방 요리는 우건이 중원을 행도할 때 사천 성도(成都)에 가서 직접 먹어본 요리와 별 차이가 없을 듯했다.

우건은 젓가락을 내려놓으며 원공후에게 물었다.

"고향이 사천이오?"

"맞습니다. 사천성 낙산(樂山)이란 데지요."

"사천에서 먹어본 요리와 거의 흡사한데 당신이 알려준 거요?"

원공후가 그리움이 가득 밴 목소리로 대답했다.

"예, 만드는 방법을 알려준 다음에 고향 생각이 날 때마다 먹고 있습니다. 실향민처럼 고향에 갈 방법이 없는 건 아니지만 제가 아는 낙산과 지금의 낙산에는 많은 차이가 있지요."

우건은 말없이 고개를 끄덕였다.

그의 고향이라면 태을문이 있는 설악산일 터였다.

그러나 지금의 설악산과 그의 기억 속에 남아 있는 설악산은 달랐다. 10년이면 강산이 변한다지만 그와 원공후의 경우에는 강산이 아니라, 세상이 완전히 바뀌어 버린 상황이었다.

원공후는 후식으로 군산은침(君山銀針)을 내왔다.

"구하느라 애먹은 놈입니다."

차에 대한 조예가 깊지 않은 우건에게는 수십만 원을 호가하는 군산은침이나, 티백으로 우린 녹차나 거기서 거기였다.

찻잔을 내려놓은 우건이 물었다.

"한세동의 연공실에서 보았던 물건을 기억하오?"

"기억하다마다요. 그런 장치를 어떻게 잊겠습니까?"

"그 기운을 뿜어내는 장치는 산소를 압축한 거였소."

원공후는 머리가 영활하게 돌아가는 사람이었다.

아니, 어쩌면 너무 잘 돌아가 문제인 사람이었다.

"그 말은 무인이 심법을 수련할 때 사용하는 순수한 기운이 고농축한 산소란 말 아닙니까? 이거 정말 놀랄 노자군요."

"해서 하는 말인데……."

"말씀하십시오."

"수연의원 옥상을 한세동의 연공실처럼 만들어줄 수 있겠소?"

원공후는 지체 없이 대답했다.

"문제없습니다."

"고맙소."

원공후가 그러지 말라는 듯 손사래를 쳤다.

"아닙니다. 아닙니다. 오히려 제가 더 고맙지요. 주공이 아니었으면 저는 산소에 그런 효과가 있는 줄 전혀 몰랐을 겁니다. 아니, 제가 주공이라면 애초에 공유하지 않았을 겁니다."

원공후는 발 빠르게 움직였다.

그가 이번에 세운 쾌영문(快影門)의 문도 세 명을 직접 지휘해 수연의원 옥탑방을 연공실로 개조했다. 김 씨 삼형제 중 둘째 김동이 이런 일에 경험이 많은 듯했다. 그의 주도로 불과 사흘 만에 낡은 창고가 훌륭한 연공실로 탈바꿈했다.

역설(逆說)처럼 들릴지 모르지만 보안설비를 가장 잘 아는 사람은 보안전문가가 아니었다. 도둑이었다. 도둑은 보안설비를 뚫어야 물건을 훔칠 수 있었다. 해서 솜씨가 좋은 도둑일수록 최신 보안설비의 흐름을 놓치지 않는 법이었다.

원공후는 연공실을 포함한 수연의원 전체에 보안설비를 새로 설치했다. 덕분에 수연의원은 훨씬 안전한 장소로 변모했다.

보안설비 공사를 마친 원공후는 그가 사들인 3층 건물 옥상에 우건이 만든 연공실과 똑같이 생긴 연공실을 설치했다.

원공후에게 일을 처음 맡길 때부터 이미 허락한 일이나 다름없었다. 해서 우건은 그의 행동에 별달리 간섭하지 않았다.

우건은 수연과 새로 만든 연공실을 구경했다.

돔 형태의 연공실이었다.

흰색 페인트를 바른 벽에는 고가의 특수도료를 덧칠해 방화, 방수가 가능하게 했다. 그리고 연공실을 밝히는 조명은 천장에 매입하는 식으로 설치해 연공 중에 조명에 피해가 가는 일이 없게 만들었으며 연공실의 핵심에 해당하는 압축 산소통 다섯 개는 벽에 별도의 공간을 만들어 집어넣었다.

또, 연공실 안으로 들어오는 산소의 양은 물론이거니와 환기장치와 에어컨 역시 리모컨 하나로 조정할 수 있게 만들었다.

안을 둘러본 수연이 감탄한 얼굴로 물었다.

"이걸 정말 사흘 안에 다 했다는 거예요?"

"쾌영문주 수하 중에 이런 일을 잘 하는 이가 있는 모양이오."

쾌영문주는 원공후를 부르는 이름이었다. 원공후와는 주인과 하인이라는 기묘한 관계를 이어나가는 중이지만 나이가 훨씬 많은 원공후를 이름 그대로 부를 수는 없는 노릇이었다.

수연은 우건에게 리모컨을 받아 조작했다.

위에 있는 버튼을 누르면 환기구가 돌아갔다. 그리고 아래에 있는 버튼을 누르면 에어컨이 켜졌다. 또, 동그란 조그셔틀을 돌리면 산소통이 분출하는 산소를 조절할 수 있었다.

수연은 감탄한 얼굴로 리모컨을 다시 건넸다.

"도둑으로 썩히긴 아까운 재능이에요."

"아마 도둑질을 더 잘하기 위해 배운 기술일 거요."

"어쨌든요."

연공실 안을 둘러본 수연이 몸을 돌렸다.

"우 소협 말대로 며칠 숙고해봤어요."

"태을문에 입문하는 문제 말이오?"

"맞아요."

"결론을 내렸소?"

"내렸어요."

우건은 심각한 어조로 설명했다.

"태을문에 한 번 입문하면 문규를 어겨 파문당하기 전까지는 문파를 나갈 방법이 없소. 또, 파문당할 땐 단전을 찢어 내력을 폐한 다음, 발목의 힘줄을 자르는 극형을 받아야 하오."

수연은 결심이 선 표정으로 대답했다.

"각오했어요."

"좋소. 흰 사발 하나에 깨끗한 물을 담아 가져오시오."

수연은 시키는 대로 흰 그릇에 물을 담아왔다.

연공실을 나온 우건은 설악산 방향에 물그릇을 놓았다.

"태을문 28대 제자 우건이 문파를 수호하는 여러 영령(英靈)들께 고합니다. 사부님이 준 권한으로 서울 출신 오수연의 입문을 허락하려 합니다. 부디 그녀를 굽어 살펴주십시오."

그릇에 절을 올린 우건이 돌아섰다.

"태을문 28대 제자 수연은 무릎을 꿇으시오."

수연은 지체 없이 무릎을 꿇었다.

그녀가 무릎을 꿇길 기다린 우건이 엄숙한 목소리로 물었다.

"태을문의 문규를 성실히 이행하리라 맹세하오?"

수연은 바로 대답했다.

"맹세합니다."

"약자를 돕고 악인을 벌하는 일에 전력을 다하리라 맹세하오?"

"맹세합니다."

"사문의 명예를 수호하는 데 앞장서리라 맹세하오?"

"맹세합니다."

"존장을 공경하고 사형제를 아끼리라 맹세하오?"

"맹세합니다."

"방금 말한 네 가지 맹세를 어겼을 시, 사문이 내리는 그 어떠한 처벌도 달게 받을 것임을 하늘에 맹세할 수 있겠소?"

"맹세합니다."

우건은 옆으로 비켜섰다.

"좋소. 이제 그릇을 향해 절을 아홉 번 올리시오."

수연은 시키는 대로 절을 아홉 번 올렸다.

절을 마치길 기다린 우건은 그릇을 들어 설악산을 가리켰다.

"영령들께 고합니다. 28대 제자 우건은 사부 천선자를 대신하여 오늘 사매의 입문식을 치렀습니다. 부디 사매의 앞날에 좋은 일만 있기를, 영령들께서 부디 굽어 살펴주시옵소서."

본산에 고한 우건은 그릇의 물을 한 모금 마셨다. 그리고 그 그릇을 수연에게 건넸다. 수연 역시 물을 한 모금 마셨다.

그릇의 물을 삼매진화로 태운 우건은 그녀에게 태을문 천여 년의 역사와 문규를 자세히 가르쳤다. 그리고 설명을 마친 후에는 본격적으로 태을문 입문무공을 가르치기 시작했다.

"태을문에는 입문 무공이 다섯 가지가 있소. 이 다섯 가지를 합쳐서 오악령(五岳靈)이라 부르는데 각각 백두심공(白頭心功), 묘향신법(妙香身法), 금강장법(金剛掌法), 설악권법(雪嶽拳法), 한라검법(漢拏劍法)이라 부르오. 본문을 여신 태을조사님이 한반도에 있는 영산 다섯 곳을 유람하시던 중 영감을 받아 창안한 무공으로 태을문 절예 33종을 익히기 전에 반드시 5성까지 익혀야 하는 필수무공에 해당하오."

묵묵히 듣던 수연이 갑자기 엉뚱한 이야기를 꺼냈다.

"저와 우 소협의 관계는 이제 어떻게 되는 거죠?"

"나는 도호(道號)를 받지 못해 제자를 거두지 못하는 몸이오. 해서 소저 역시 나처럼 천선자 진인을 사부로 모셔야 하오."

"그럼 저와 우 소협은 이제 사형과 사매인거죠?"

"그렇소."

"사형과 사매의 사이는 원래 이렇게 딱딱한 가요?"

"무슨 말이오?"

"사형은 저를 계속 소저라 부르잖아요."

"으음."

그녀 말에 일리가 있었다.

사매에게 전처럼 존대할 순 없는 노릇이었다.

"사매라는 호칭이 더 좋아?"

수연이 활짝 웃었다.

"더 좋아요."

"알았어. 그럼 이제 백두심공의 구결을 불러줄게."

백두심공은 태을문에 전해지는 모든 심공의 기본에 해당했다.

우건은 즉석에서 한자로 이루어진 백두심공의 구결을 수연이 편해하는 우리말로 바꾸어 불러주었다. 즉석에서 구결을 풀어 불러 주는 일은 절대 쉽지 않은 일이었다. 우건이 태을혼원심공을 대성해 심법의 끝을 보지 못했으면 불가능한 일이었다. 우건은 반복해서 심공 구결을 불러주었다.

수연은 우건의 구술이 세 차례 끝났을 무렵, 반 이상을 외웠다. 그리고 다섯 차례 구술이 끝났을 시점엔 9할을 외웠다.

마침내 일곱 차례의 구술이 끝났을 때에는 완벽히 외우는 데 성공했다. 수연은 외운 구결을 우건 앞에서 소리 내어 읽어 보았다. 그녀가 토씨 하나 틀리지 않는 모습을 확인한 우건은 그녀의 재능이 뛰어나단 사실을 새삼스레 실감했다.

"내일은 오늘 암기한 구결을 어떻게 사용하는지 가르쳐 줄게."

"알았어요."

신이 난 수연은 콧노래를 흥얼거리며 출근 준비를 서둘렀다.

태을문에 입문해 기쁜 건지, 아니면 다른 이유 때문인지 모를 노릇이었다. 어쨌든 그녀의 기분이 좋아 보여 다행이었다.

"다녀올게요."

"다녀와."

수연이 출근한 후, 우건은 연공실에 들어가 문을 잠갔다. 연공실은 당연히 밖에서 열지 못했다. 문이 닫힌 경우에는 안에 있는 사람이 문을 열어야만 다른 사람이 들어갈 수 있었다.

행공 중일 때 강적이 쳐들어오면 수련자는 방어할 수단이 없었다. 해서 밖에서 열지 못하게 만드는 것이 보통이었다.

연공실 가운데 좌정한 우건은 리모컨으로 산소통을 개방했다.

그 즉시, 순도 99%에 이르는 산소가 넓은 연공실을 채우기 시작했다. 우건은 그 상태에서 바로 운기행공에 들어갔다.

천지조화인심공의 구결에 따라 백회혈을 개방하는 순간, 순수한 기운이 물밀듯 밀려들어왔다. 주체하기 힘들 지경이었다.

우건은 급히 순수한 기운을 단전으로 유도해 내력을 연성했다.

어느새 입정에 들어간 우건은 무아지경의 상태에서 끊임없이 기운을 빨아들여 단전에 내력을 차곡차곡 축기해나갔다.

눈을 뜬 우건은 시계를 보았다.

새벽 네 시였다.

거의 10시간 넘게 입정에 들어 있었다는 뜻이었다.

우건은 내력을 잠시 운기해 보았다.

확실히 어제보다는 많은 양의 내력이 단전에 채워져 있었다.

'괜찮군.'

새 연공실에 만족한 우건은 집에 돌아가 잠시 눈을 붙였다.

그날 오전, 우건은 퇴근한 수연을 연공실로 불렀다.

"피곤하지 않아?"

"아니요. 괜찮아요."

"좋아. 그럼 지금부터 어제 암기한 백두심공 구결을 어떻게 활용하는지 가르쳐줄게. 오늘도 외워야할 게 좀 있을 거야."

121

수연이 울상을 지었다.

"또요?"

"사매처럼 똑똑한 사람에겐 별로 어렵지 않을 거야."

우건은 수연에게 인체에 있는 혈도와 혈도의 쓰임새를 가르쳐 주었다. 정수리에 있는 백회혈이나, 발바닥에 있는 용천혈 등은 가르치기 쉬웠다. 그러나 가슴에 있는 유근혈(乳根穴)이나, 은밀한 부위에 있는 회음혈(會陰穴) 등 몇 개 혈도는 가르치기 까다로웠다. 다행히 수연은 의사였다. 인간의 신체를 잘 알아 여염집 규수처럼 부끄러워하지는 않았다.

"등을 내 쪽으로 돌려."

수연은 시키는 대로 등을 우건 쪽으로 돌렸다. 그녀는 살 갖에 찰싹 달라붙는 운동복을 입은 상태였다. 몸의 굴곡이 그대로 드러나는 바람에 우건은 눈을 어디에 둬야할지 몰랐다.

천지조화인심공으로 부동심을 유지하며 오른손의 장심을 그녀의 명문혈에 바짝 붙였다. 비록 옷 위였지만 부드러운 살결의 느낌이 손에 그대로 전해져왔다. 우건은 무공을 가르치는 일보다 부동심을 유지하는 일이 더 힘들게 느껴졌다.

"지금부턴 구결에 있는 토납법(吐納法)에 따라 숨을 쉬어봐."

수연은 말을 잘 듣는 학생이었다.

즉시, 구결에 나와 있는 토납법에 따라 코로 숨을 들이마신 수연은 숨을 잠시 참다가 입을 벌려 천천히 끊어 뱉었다.

"지금부턴 숨을 참는 시간을 늘리는 거야."

시키는 대로 코로 숨을 들이마신 수연은 호흡을 멈췄다가 더 이상 참기 힘들 때 들이마신 숨을 천천히 끊어 뱉어냈다.

"내가 지금부터 사매의 명문혈에 내력을 집어넣어 단전으로 가는 혈도를 뚫을 텐데 조금 고통스러울 거야. 하지만 절대 말을 해선 안 돼. 계속 호흡법에 따라 숨을 쉬어야해."

수연이 알아들었다는 듯 고개를 끄덕였다.

우건은 명문혈에 붙인 장심을 통해 내력을 밀어 넣었다.

수연은 고통스러운 듯 움찔하며 몸을 떨었다.

그러나 우건의 조언을 잊진 않았다.

고통을 참으며 어떻게든 호흡을 유지하려 노력했다.

안심한 우건은 본격적으로 그녀의 혈도를 뚫기 시작했다. 그녀의 혈도는 30년 가까이 닫혀 있었다. 당연히 혈도를 뚫는 일이 쉽지 않았다. 우건은 태을문 정종심법으로 연성한 내력을 모두 동원해 힘겨운 싸움을 해나가기 시작했다.

모든 일이 마찬가지지만 무공 역시 어렸을 때 입문해야 효과가 좋았다. 나이가 어릴수록 혈도가 더 많이 열려 심법을 익히기 쉬웠다. 그리고 나이가 들수록 혈도가 닫히기 시작하는데 서른에 가까운 나이면 심법을 익히기 쉽지 않았다.

물론, 우건과 같은 고수의 도움을 받으면 사정이 조금 달랐다.

우건은 본신 내력으로 혈도를 뚫어 그녀의 단전에 이르는 데 성공했다. 이제 반은 성공한 셈이었다. 우건은 그녀의 단전에 내력을 한동안 밀어 넣었다. 그리고 어느 정도 밀어 넣은 후에는 그 내력을 운기해 남은 혈도를 뚫기 시작했다.

우건이 그녀의 십이경맥(十二經脈)에 있는 혈도를 다 뚫었을 땐 이미 날이 바뀌어 다음 날 새벽에 가까운 시간이었다.

손을 뗀 우건은 이마에 흐르는 땀을 닦았다.

"이제 백두심공의 구결에 따라 운기해봐."

수연은 우건이 단전에 밀어 넣은 내력을 이용해 운기에 들어갔다. 그로부터 한 시간이 지났을 무렵, 수연이 눈을 떴다.

"이, 이게 내력이라는 거예요?"

"단전에 있는 내력이 느껴져?"

수연이 돌아앉으며 대답했다.

"느껴져요. 맙소사, 이런 일이 정말 가능한 거였군요."

"적응하는 데 며칠 걸릴 거야."

그날부터 수연은 연공실을 찾아 백두심공을 익혔다.

그녀는 확실히 선골(仙骨)을 타고나 익히는 속도가 아주 빨랐다. 무공에 입문한 나이를 생각하면 더 놀라운 일이었다.

그 해 가을, 수연은 백두심공을 3성 가까이 연성했다. 물론, 우건에게 도움을 받은 덕분에 가능한 성취였지만 선생이 뛰어나도 제자의 자질이 받쳐 주지 못하면 힘든 일이었다.

우건은 어느 날 수연에게 목갑 하나를 내밀었다.

수연이 목갑을 받으며 물었다.

"뭐예요?"

"태을단(太乙丹)이라는 이름의 영단이야. 태을문에서 백두심공이 3성에 이른 신입 문도에게 주는 상품인 셈이지. 다 사용해 없을 줄 알았는데 설악산 비고에 마침 하나 있더군."

수연은 고개를 저으며 목갑을 돌려주었다.

"전 이미 충분해요. 사형이 복용해요."

우건은 피식 웃었다.

"난 태을단으로 효과를 보기엔 이미 너무 멀리 왔어.

125

다시 말해 사매가 아니면 영단의 효과를 볼 사람이 없단 뜻이야."

수연이 눈을 귀엽게 흘겼다.

"정말이죠? 저에게 먹이려고 거짓말하는 건 아니죠?"

"알겠지만 난 무공에 미친 사람이야. 무공이 지금보다 강해질 수 있으면 태을단 부스러기라도 찾아 먹을 사람이지. 한데 그런 내가 태을단을 그냥 두었다는 말은 정말 필요가 없어서이지, 사매에게 주기 위해 아껴둔 게 아니란 뜻이야."

"알았어요. 복용할게요."

수연은 목갑을 열었다.

목갑 안에는 구슬보다 조금 큰 노란색 환이 들어 있었다.

환을 꺼낸 수연이 냄새 먼저 맡았다.

"태을문 비고에서 꺼내왔으면 수백 년 전에 만들었단 말이잖아요? 지금 복용해도 괜찮은 거예요? 설마, 탈이 나진 않겠죠?"

"태을문 비전으로 만든 영약은 보관만 잘 할 경우, 거의 천 년 이상 간다는 말을 들은 적 있어. 걱정할 필요 전혀 없다고."

"알았어요. 언제나처럼 사형을 믿어볼게요."

우건은 수연의 등을 보는 자세를 고쳐 잡았다.

"이제 복용해."

수연은 시키는 대로 태을단을 복용했다.

수연의 뱃속에서 꾸르륵거리는 소리가 들리는 것을 보면 소화가 끝난 듯했다. 우건은 지체 없이 그녀의 명문에 장심을 붙여 태을단의 약효가 몸 곳곳에 퍼지도록 도와주었다.

수연이 황홀한 표정을 지었다.

"지, 지금 기분을 어떻게 설명해야할지 모르겠어요."

"기분이 어떤데?"

"몸이 깃털처럼 가벼워요. 막 날아다닐 것 같아요."

"사매의 몸이 약효를 잘 흡수한 모양이야."

"그럼 이제 제 단전에는 몇 년 치의 내력이 쌓인 거죠?"

"10년쯤."

"우와, 대단한 영단이네요."

수련을 마친 두 사람은 연공실을 나왔다.

자정이 지난 듯 달이 차차 기우는 중이었다.

수연은 옥상 난간에 기대 밤하늘을 올려다보았다.

"시력이 전보다 좋아진 것 같아요."

"그럴 거야."

미소를 지은 수연이 팔을 굽혀 알통을 만들었다.

"설마 보디빌더 몸처럼 우락부락해지는 건 아니겠죠?"

우건은 웃으며 고개를 저었다.

"그런 일은 일어나지 않을 거야."

"다행이에요."

밤하늘을 구경하던 수연이 갑자기 몸을 돌렸다.

"이번 크리스마스에 약속 있어요?"

5장. 위기일발(危機一髮)

우건은 크리스마스란 말을 들어본 적 있었다. 12월 25일을 크리스마스라 부르는데 이곳에선 명절처럼 생각하는 듯했다.

우건은 고개를 저었다.

"없는데."

"그럼 크리스마스에 같이 식사할래요?"

"밥이야 매일 같이 먹잖아."

"아이, 그런 밥 말고요."

"그럼 어떤 밥?"

수연이 눈을 반짝이며 대답했다.

"멋진 식당을 예약한 다음, 크리스마스에 맛있는 음식을 먹는 거예요. 제가 태을문에 입문한 일을 기념하는 의미에서요."

"그렇게 하지."

"그럼 승낙한 거예요?"

수연은 콧노래를 흥얼거리며 2층으로 내려갔다.

옥상에 홀로 남은 우건은 연공실에 들어가 그녀를 가르치느라 하지 못한 수련을 마저 끝냈다. 어느새 날이 밝아왔다.

한편, 아침 일찍 출근한 수연은 하루 종일 수술방 주위를 떠나지 못했다. 그녀는 흥부외과 레지던트 4년차로 불려가는 데가 많았다. 흥부외과 과장이나, 펠로우가 수술하면 따라 들어가 어시스턴트를 맡았다. 간단한 수술은 그녀가 직접 집도하며 외과 인턴을 가르쳤다. 더구나 전문의시험이 멀지 않았기 때문에 그 준비 역시 틈나는 대로 해야 했다.

오늘은 수술이 복잡한 케이스가 있어 새로 온 흥부외과 과장이 직접 집도했다. 전에 있던 흥부외과 과장은 명진제약 라이덴 임상시험 결과를 조작하려던 일이 발각당해 쫓겨났다. 곧 검찰의 기소를 받을 거란 소문이 병원에 파다했다.

10시간에 걸친 대수술이 끝난 후였다. 새로 온 흥부외과 과장이 수술방을 나서며 입에 침이 마르도록 수연을 칭찬했다.

"자네 정말 레지던트 4년차인가?"

수연이 수술복을 벗으며 대답했다.

"예, 틀림없는 4년차입니다."

"내가 메스를 잡은 지가 올해로 거의 20년째인데 오수연 선생처럼 손이 빠르고 눈이 정확한 외과의사는 처음 봤다고."

수연은 부끄러워하며 대답했다.

"과찬이세요."

과장은 겸손할 필요 없다는 듯 손을 저었다.

"10시간 동안 수술하며 집중력을 전혀 잃지 않은 모습 역시 인상적이었어. 올해가 4년차면 곧 전문의시험을 보는 건가?"

"그렇습니다."

"시험에 통과하면 우리 외과에서 펠로우를 해보는 게 어떤가?"

구미가 당기는 제안이었다.

펠로우는 병원 고위직으로 갈 수 있는 에스컬레이터나 같았다.

그러나 수연은 고개를 저었다.

"우선은 시험에 합격한 후에 생각해보겠습니다."

"흠, 오 선생 생각이 그렇다면 내가 강요할 순 없지."

"어쨌든 제안해주셔서 감사해요."

돌아서던 과장이 뭔가 생각난 듯 급히 물었다.

"내 환영식에 올 생각인가?"

"가도록 노력하겠습니다."

"그럼 환영식에서 보길 기대하지. 하하."

수연의 어깨를 두드려준 과장은 의국 사람들에게 둘러싸여 복도 저편으로 사라졌다. 수술은 끝났지만 수연의 일은 끝나지 않았다. 그녀는 보호자를 만나기 위해 걸음을 옮겼다.

그때였다.

복도 반대편에서 의사와 간호사의 인사를 받으며 여유 있는 모습으로 걸어오는 30대 중반 남자 의사가 한 명 보였다. 금테 안경을 쓴 모습이 상당히 지적으로 보이는 남자였다.

그는 얼마 전 우건과의 약속에 늦은 수연이 서두르다가 승강기 앞에서 마주친 그 의사였다. 복도를 지나던 머리 희끗한 중년 사내가 먼저 머리를 숙였다. 나이와 직급을 보면 일어나기 힘든 일이었다. 그러나 인사를 하는 중년 사내나, 인사를 받는 30대 중반 의사나 개의치 않는 모습이었다.

그가 바로 한국에서 세 손가락에 드는 종합병원 프랜차이즈 영제의료원(永制醫療院)의 후계자로 꼽히는 김진성(金珍城)이기 때문이었다. 지금은 삼촌이 병원장으로 있는 강남 영제병원에서 신경외과 펠로우로 커리어를 쌓는 중이었다.

이를 테면 의료왕국의 왕세자에 해당하는 사람이었다.

불길한 느낌은 언제나 들어맞는 법이었다.

"안녕하세요."

인사를 하며 지나가려는 수연을 김진성이 기어코 붙잡았다.

"잠시 얘기할 시간 있을까?"

수연이 복도 반대편을 가리켰다.

"죄송해요. 보호자에게 환자 수술결과를 말해주어야 해
서요."

"오래 걸리지 않을 거야."

잠시 고민한 수연은 고개를 끄덕였다.

"좋아요."

"여긴 사람이 많이 지나가니까 저기로 가지."

두 사람은 복도 계단으로 이동했다.

김진성이 먼저 입을 열었다.

"요즘 오 선생의 수술솜씨가 화제인 거 알아?"

수연은 금시초문이라는 듯 눈을 깜박이며 물었다.

"그래요?"

"하하, 모르나보군. 하긴 당사자는 알기 어려운 법이니
까. 병원에 신의가 나왔다며 다들 침이 마르게 칭찬을 하더
군."

"고마운 말씀이지만 다들 제 실력보다 좋게 봐주시는 것
같아요."

김진성이 손가락으로 안경을 밀어 올리며 물었다.

"그보다 그 제의는 생각해봤어?"

"예능에 나가는 거요?"

"그래."

수연은 고개를 저었다.

"며칠 전에 말씀드린 대로 텔레비전 방송에는 나갈 생각이 없어요. 시청자와 방송에 같이 나오는 의사들은 제가 실력이 아니라, 다른 이유로 방송에 나왔다고 생각할 테니까요."

김진성은 이해가 가지 않는다는 표정을 지었다.

"오 선생은 요즘 여자 같지 않단 말이야."

"그런가요?"

김진성이 혀를 차며 대답했다.

"요즘 같은 세상에선 여자나, 남자나 뛰어난 외모는 자기를 어필할 수 있는 가장 강력한 무기잖아. 반응이 좋아 인기를 얻으면 경력에 고속도로가 쫙 깔리는 셈인데 아마 이런 제안을 거절할 사람은 우리 병원에 오 선생 밖에 없을걸?"

수연은 머리를 숙였다.

"죄송해요. 그 일은 전문의시험에 합격한 다음에 생각해볼게요."

"오 선생 뜻이 그렇다면 강요할 수 없지. 알았어."

"그럼."

인사한 수연은 보호자에게 뛰어갔다.

김진성은 떠나지 않았다.

대신, 문 뒤에 숨어 그녀의 모습을 계속 지켜보았다.

수연은 보호자로 보이는 젊은 여인과 대화를 나누는 중이었다. 젊은 여인은 고맙다는 듯 수연에게 허리를 숙여보였다. 수연은 그러지 말라는 듯 젊은 여인의 허리를 다시세웠다.

그 모습을 본 김진성이 안경을 고쳐 쓰며 히죽 웃었다.

"걸레 같은 년이 남들 앞에서는 잘도 순수한 척하는군."

계단으로 내려온 김진성은 누군가에게 전화를 걸어 물었다.

"그년은 여전히 놈과 동거 중인가?"

상대방이 바로 대답했다.

"그렇습니다."

입술을 잘근 깨문 김진성이 씹어뱉듯 물었다.

"준비는?"

"모두 마쳤습니다."

대답을 들은 김진성은 그제야 일그러진 표정을 풀었다.

"실수가 없어야해."

"물론입니다."

통화를 마친 김진성은 콧노래를 흥얼거리며 계단을 내려
갔다.

오늘 밤을 생각하니 벌써부터 사타구니 사이가 찌릿했
다.

✤ ❖ ✤

우건은 그날 오후 원공후의 식사초대를 받았다.

"어서 오십시오."

은동철 삼형제 중 큰형인 김은이 현관문을 열어주며 허
리를 숙였다. 원공후에게 무슨 소리를 들었는지는 모르겠
지만 은동철 삼형제는 평소에 우건을 깍듯이 대했다. 김은
의 통보를 받은 듯 곧 원공후와 김동, 김철이 현관에 나타
났다.

우건은 안으로 들어가며 물었다.

"무슨 일이오?"

원공후가 테이블 상석을 권하며 대답했다.

"공증인을 서주십시오."

우건은 자리에 앉으며 물었다.

"공증인?"

원공후가 삼형제를 가리키며 대답했다.

"오늘 삼형제와 정식으로 사제관계를 맺을 생각입니다.

그리고 하는 김에 쾌영문의 개파식(開派式)도 같이 하고요. 원래 이런 자리에는 무림 명숙이 공증인을 서는 법인데 근처에 아는 무림인이라곤 주공밖에 없으니 전들 어쩌겠습니까? 염치없지만 주공께 공증인을 맡아 달라 부탁하는 수밖에요."

원공후는 우건의 대답을 기다리지 않았다.

"자, 시작하자."

"예, 사부님."

문도 네 명에 공증인 하나가 다인 조촐한 개파식이었지만 형식은 제대로 갖추었다. 개파식이 끝난 다음에는 은동철 삼형제가 원공후를 사부로 모시는 배사지례가 이어졌다. 의외로 다들 진지해 우건 역시 엄숙하게 공증인 임무를 수행했다.

원공후는 제자들에게 술을 따라주며 당부했다.

"나나, 너희들이나 모두 세상이 손가락질하는 도둑의 삶을 살았다. 그러나 쾌영문을 정식으로 개파한 지금부터는 개과천선해 과거의 과오를 반성하며 살아야 한다. 그리고 약자를 돕고 악인을 벌하는 무림 문파 본연의 사명을 위해 살아야 한다. 이 사부가 먼저 행동으로 보일 것이다. 너희들은 이 사부의 행동을 지켜보며 발전의 초석으로 삼도록 하여라."

"명심하겠습니다."

제자가 사부에게 아홉 번 절하는 절차로 배사지례가 끝났다.

원공후가 우건에게 권했다.

"2층에 음식을 차려놓았습니다. 올라가시지요."

우건은 원공후의 권유를 받아 2층 식탁 상석에 앉았다.

식탁에는 이미 뜨거운 김이 올라오는 요리가 가득했다.

요리에 일가견이 있는 김철이 한껏 솜씨를 부린 듯했다. 황제가 먹었다는 만한전석(滿漢全席)에 못지않은 상차림이었다.

우건은 요리를 맛보며 김철의 솜씨를 거듭 칭찬했다.

우건이 제자의 솜씨를 칭찬하는 모습에 기분 좋아진 원공후는 첫째 김은에게 술을 만들어 대령하라 일렀다. 김은은 즉시 1층에 내려가 수십 종류의 칵테일을 만들어 대령했다.

오래지 않아 우건과 쾌영문 사제 네 명은 거나하게 취했다.

"제가 춤판을 한번 벌여보겠습니다."

신이 난 원공후는 그에게 쾌수란 별호를 얻게 해준 쾌영십팔수(快影十八手)를 시작으로 금계탁오권(金鷄琢蜈拳), 백사보(白蛇步), 구룡각(毆龍脚)을 연이어 펼쳐보였다. 원공후가 백사보를 밟으며 손과 발을 어지럽게 휘두르는 순간, 수십 개의 발과 다리가 동시에 움직이는 듯한 환영이 일었다.

은동철 삼형제는 그 모습에 적잖이 놀란 듯했다. 그들은 눈을 부릅뜬 자세로 사부의 춤사위를 지켜보았다. 그들이 배운 쾌영문 절기에 이런 위력이 있으리라고는 생각 못한 듯했다.

우건은 충격을 받은 삼형제를 보며 피식 웃었다.

사실, 원공후가 보유한 가장 뛰어난 절기는 분영신법(分影身法)과 일투삼낙(一投三落)이라 불리는 암기술 두 가지였다.

그러나 분영신법은 신형을 감추는 은신술이었다. 개파를 축하하는 이런 경사스러운 자리에 시범 보일 절기가 아니었다.

일투삼낙은 다른 의미로 펼치기가 어려웠다.

살기가 아주 짙어 목숨이 경각에 처한 위기가 아니면 잘 펼치지 않았다. 강적을 많이 만들어봐야 좋을 게 없는 탓이었다. 원공후는 도둑질로 이미 적을 많이 만든 상태였다. 굳이 살인까지 해서 적의 숫자를 늘릴 필요가 없는 것이다.

우건은 원공후의 시연을 보며 잠시 옛 추억을 떠올렸다.

원공후는 분영신법으로 은신한 상태에서 강호 초행인 우건을 상대로 도둑질을 시도한 적이 있었다. 당시 우건은 별로 유명하지 않았다. 그러나 신비에 싸인 태을문도라는 사실 하나만으로 흥미를 끌기에 충분했다. 하지만 선령안을 익힌 우건에게는 원공후의 분영신법이 전혀 통하지 않았다.

잡힐 위기에 처한 원공후는 일투삼낙을 펼쳐 우건을 기습했다. 그러나 우건은 천지검의 생역광음으로 이를 파훼했다.

일투삼낙을 펼치느라 내력을 다 소모한 원공후는 우건에게 잡히는 신세를 면치 못했다. 우건이 강호 초행이 아니었으면 원공후는 그날 바로 수급이 잘려 강호 삼대신투라는 명성에 맞지 않은 허무한 최후를 맞이했을 공산이 높았다.

그러나 당시 우건은 강호의 비정함을 경험하기 전이었다. 해서 몇 마디 좋은 말로 훈계한 다음에 원공후를 풀어주었다.

시연을 마친 원공후가 머리를 숙이며 정중히 부탁했다.

"제자들에게 한 수 보여주실 수 있겠습니까? 강호의 정점에 선 고인의 시연을 보면 제자들의 안계가 많이 넓어질 겁니다."

어렵지 않은 부탁이었다.

우건은 거실 중앙에 걸어가 네 사람에게 설명했다.

"태을십사수라는 금나수법이오."

우건은 태을십사수의 기수식에 해당하는 비원휘비부터 마지막 열네 번째 초식인 광룡광세(狂龍狂勢)까지 순식간에 펼쳤다. 내력을 싣지 않아 위력은 없었지만 움직임은 현란하기 짝이 없었다. 무희(舞姬)의 우아한 춤사위처럼 한없이 부드럽던 시연은 종반으로 갈수록 광포하기 그지 없었다.

은동철 삼형제는 입을 벌린 자세로 우건의 시연을 지켜보았다. 그러나 그들의 현재 실력으로는 우건의 움직임을 제대로 보기 어려웠다. 다만, 그들의 사부인 원공후는 우건이 시연한 태을십사수를 보며 상당한 깨달음을 얻은 듯 눈을 지그시 감더니 머릿속에 떠오른 생각을 정리하는 모습이었다.

눈을 뜬 원공후가 정중한 자세로 포권했다.

"대단한 시연이었습니다."

"별것 아니었소."

마주 포권한 우건이 자리에 앉으려는 순간, 전화벨이 울렸다.

원공후와 은동철 삼형제가 자기 휴대전화를 꺼냈다.

그러나 그들의 전화는 조용했다.

원공후가 조심스레 물었다.

"혹시 휴대폰을 갖고 계십니까?"

"아."

우건은 그제야 점퍼 속에서 스마트폰을 꺼내 전화를 받았다.

수연의 목소리가 들려왔다.

"여보세요?"

"사매?"

"네, 사형 저예요."

"무슨 일이야?"

"오늘 회식이 있어서 늦을 것 같다고 전화했어요."

"알았어."

수연은 할 말이 남아 있는 듯 잠시 머뭇거리다가 말했다.

"그럼 이따 봐요."

"그래."

전화를 끊은 우건은 자리에 앉았다.

원공후가 목소리를 낮춰 물었다.

"오 선생님 전화입니까?"

"그렇소."

"오늘 회식이 있어 늦는답니까?"

우건은 원공후를 노려보며 물었다.

"그새 엿들은 거요?"

원공후가 움찔하며 두 손을 휘휘 저었다.

"듣지 않을 도리가 없었습니다. 그보다 괜찮은 겁니까?"

"뭐가 말이오?"

"오 선생님처럼 아름다운 분에겐 회식을 이용해 지분거리는 놈이 많을 겁니다. 저라면 불안해서 당장 마중 가겠습니다."

우건이 미간을 찌푸리며 물었다.

"어떻게 지분거린다는 거요?"

원공후가 혀를 차며 대답했다.

"술을 먹여서 잔뜩 취하게 하는 거지요."

"흐음."

우건은 잠시 불길한 상상을 했다가 이내 고개를 저었다.

"그녀는 어른이오. 사생활을 존중해 줄 필요가 있소."

대꾸한 우건은 고개를 돌려 창밖을 보았다.

어둠이 내려앉은 거리 전경이 닿을 듯 가까운 곳에 있었다.

오늘따라 거리를 밝히는 조명이 불길하게 다가왔지만 우건은 이내 고개를 저었다. 방금 전 원공후에게 말한 대로 그녀는 성인이었다. 그리고 그녀는 사매일 뿐이었다. 사생활을 간섭하는 것은 사형이 가진 권한을 벗어나는 일이었다.

한편, 수연은 신임 과장의 축하연을 겸하는 회식에 참석한 상태였다. 회식장소는 꽤 고급스러워 보이는 레스토랑이었다.

2층을 통으로 튼 듯 높은 위치에 달린 고급 샹들리에가 조명을 받아 비늘처럼 반짝였다. 수연은 주위를 둘러보았다. 테이블이 꽤 많았지만 그들 외에 다른 손님은 보이지 않았다.

'레스토랑을 통째로 빌릴 걸까?'

수연은 의외라는 생각이 들었다.

보통 이런 회식자리는 좀 더 대중적인 식당에서 하기 마련이었다. 의사 수입이 평범한 직장인보다 많기는 하지만 이런 식당에 올 일은 많지 않았다. 이런 식당은 제약회사 영업사원이 로비를 위해 접대할 때나 와보는 그런 곳이었다.

레지던트 2년차가 동기에게 묻는 소리가 들려왔다.

"야, 이런 데는 밥 한 끼에 얼마나 하냐?"

질문을 받은 동기가 고개를 저었다.

"글쎄."

"너희 집은 알부자잖아. 이런 식당에 많이 와봤을 거 아니야?"

"이런 식당을 통째로 빌려 회식할 만큼 부자는 아니야, 인마."

수연은 두 사람의 대화를 들으며 메뉴판을 펼쳤다.

프랑스어로 적힌 메뉴판이었다.

그때였다.

앞자리에 앉은 이미영(李美英)이 황당하단 표정으로 물었다.

"선배님은 얼마나 냈어요?"

"회비?"

"네."

"5만 원 냈는데. 넌?"

"저 역시 마찬가지에요."

이미영이 목소리를 낮춰 다시 물었다.

"그 회비로 이런 식당을 통째로 예약할 수 있을까요?"

"글쎄."

의문은 신임 과장이 식당에 도착하며 풀렸다.

과장은 혼자가 아니었다.

신임 과장 옆에 안경을 착용해 지적으로 보이는 30대 중반 남자 한 명이 웃으며 서 있었다. 영제의료원 차기 후계자로 꼽히는 김진성이 신임 과장과 함께 회식에 나타난 것이다.

과장이 테이블 상석에 앉는 사이, 김진성은 비어 있는 자리를 찾아다녔다. 한데 마침 수연의 옆자리 하나가 비어 있었다.

김진성은 수연 옆에 앉으며 자연스러운 동작으로 말을 걸었다.

"자주 보네."

"그러네요."

애피타이저 와인을 돌린 과장이 김진성을 가리키며 말했다.

"우선 내 환영회에 많은 사람이 참석해줘서 고맙다는

말을 해야겠군. 원래는 조촐한 곳에서 삼겹살이나 구워먹을 생각이었는데 저기 있는 김 선생이 물주를 자처해준 덕분에 이런 호화스러운 식사를 대접할 수 있는 행운을 얻었네. 김 선생이 레스토랑 주인을 잘 아는 덕분에 오늘 저녁엔 다른 손님을 받지 않는다니까 다들 마음껏 먹고 마시도록 하게."

과장이 자리에 앉기 무섭게 치프 레지던트가 벌떡 일어났다.

"오늘 크게 쏘신 김 선생님을 위해 다들 감사의 박수!"

회식에 참석한 사람들이 김진성에게 열렬한 박수를 보냈다.

김진성이 웃으며 일어나 사람들의 환호를 진정시켰다.

"그만 하십시오. 부끄러워서 차마 얼굴을 들지 못하겠습니다."

환호를 멈춘 사람들이 김진성의 입을 주시했다.

김진성은 만족한 듯 미소 띤 얼굴로 말을 이어갔다.

"이번에 흉부외과에 새로 오신 신임 과장님은 제가 다른 병원에서 인턴으로 근무할 때 많은 가르침을 받은 분이라, 약소하나마 이런 자리를 마련해 보았습니다. 흉부외과 행사에 신경외과 사람이 와서 설친다고 부디 욕만 하지 말아주십시오."

"하하!"

김진성의 농담에 다들 웃음을 터트렸다.

회식 분위기는 화기애애했다.

다들 이름만 들어본 프랑스 정통요리가 코스에 맞춰 나오기 시작했다. 그리고 한 병에 수십만 원에서 수백만 원을 호가하는 와인과 샴페인이 물처럼 사람들의 목으로 넘어갔다.

수연은 조용히 식사에 열중했다.

술에는 거의 입을 대지 않았다. 평소에 술을 별로 좋아하지 않을뿐더러, 오늘은 술을 마실 기분이 더더욱 아니었다. 회식이야 어쩔 수 없다 치지만 김진성이 끼어든 일은 기분이 나빴다. 요즘 들어 더 집요해진 느낌이 들어 불쾌했다.

"자자, 내 술을 받으라구."

테이블을 돌며 사람들에게 와인을 한 잔씩 따라주던 과장이 수연과 김진성이 있는 자리로 걸어왔다. 과장은 이미 많이 취한 듯했다. 햇빛을 보지 못해 창백한 얼굴이 불과했다.

"내 술 한 잔씩 받게."

"고맙습니다."

김진성은 과장이 따라준 술을 바로 비웠다.

수연 역시 좋은 분위기를 깨기 싫어 억지로 술잔을 비웠다.

"오 선생, 이제 보니 주당이었구먼."

껄껄 웃은 과장이 수연의 잔에 다시 술을 따랐다.

수연은 두 번째 잔 역시 억지로 비웠다.

과장은 빈 병을 흔들어 보이더니 새 병을 하나 더 가져왔다.

"더 마시게. 술이야 많으니까."

수연은 얼른 사양했다.

"괜찮습니다. 더 마시면 취할 거예요."

"이런 날 취하면 좀 어떤가? 어른이 권하면 마시는 게 예의야."

그때였다.

그 모습을 지켜본 김진성이 자기 술잔을 내밀었다.

"제가 대신 마시겠습니다."

"오, 김 선생이 오 선생의 흑기사를 하겠단 건가?"

김진성이 머리를 긁적였다.

"하하, 뭐 그런 셈이죠."

김진성은 수연이 말리기 전에 얼른 술을 비웠다.

과장이 김진성과 수연을 번갈아보며 감탄한 얼굴로 말했다.

"그러고 보니 두 사람이 원앙처럼 잘 어울리는군. 질투가 날 지경이야. 한 사람은 곧 영제의료원을 물려받을 전도유망한 청년이니 두 말하면 입 아프고. 그리고 또 한 사람은 미스코리아 뺨을 칠 정도로 아름다운 데다 실력까지 갖춰

재색을 겸비한 재원 아닌가. 다른 사람들의 생각은 어떤가?"

역시 잔뜩 취한 치프 레지던트가 일어나 사람들을 선동했다.

"결혼해! 결혼해!"

사람들은 박수까지 쳐가며 치프 레지던트의 말을 따라했다.

"자자, 그만들 하세요. 오 선생이 민망해하잖아요."

김진성이 몇 번이나 양해를 구한 후에야 소란이 가라앉았다.

사람들을 진정시킨 김진성이 수연에게 슬쩍 물었다.

"과장님 말에 기분 상했어?"

"괜찮아요. 이런 분위기에 익숙하니까요."

대답한 수연은 속으로 한숨을 쉬었다.

그녀는 회식이 싫었다.

동료와 가지는 술자리 자체는 불편하지 않았다. 그저 지금처럼 외모로 인해 사람들의 주목받는 상황이 싫을 따름이었다.

수연은 김진성이 흑기사를 자처하는 행동이 불쾌해 동료가 권하는 술을 사양하지 않았다. 와인과 샴페인을 두 병 가까이 마셨을 무렵, 취기가 갑자기 올라와 속이 메스꺼웠다.

"화장실 좀 다녀올게요."

양해를 구한 수연은 가방을 챙겨 자리를 떠났다. 그런 수연을 물끄러미 지켜보던 김진성이 앞자리에 앉은 이미영을 불러냈다. 이미영 역시 적지 않게 마신 듯 볼이 불그레했다.

김진성은 숙취해소음료를 건넸다.

"자, 받아."

이미영이 혀가 잔뜩 꼬부라진 목소리로 물었다.

"이건 숙취해소음료잖아요?"

김진성이 고개를 끄덕였다.

"오 선생에게 가져다줘. 속이 많이 안 좋은 모양이니까."

이미영이 살짝 토라진 표정으로 물었다.

"쳇, 직접 주지 그래요?"

김진성이 씩 웃으며 대답했다.

"좀 전에 사람들이 몰아간 바람에 나를 불편하게 생각할 거야."

한숨 쉰 이미영이 고개를 끄덕였다.

"뭐 어려운 일은 아니니까. 그렇게 할게요."

이미영은 비틀거리며 레스토랑 화장실로 걸어갔다.

자리에 다시 앉은 김진성은 술을 마시는 척하며 문자를 보냈다.

문자를 마친 김진성이 머리를 긁적이며 일어났다.

"이거 죄송해서 어쩌죠? 집에 일이 생긴 모양입니다."

과장이 얼른 가라는 듯 손짓했다.

"집에 일이 생기면 가봐야지. 어서 가게."

"제가 넉넉히 계산해뒀으니까 술값은 걱정할 필요 없을 겁니다."

사람들에게 인사한 김진성은 수연이 있는 화장실을 힐끗 본 다음, 레스토랑을 나와 근처에 있는 술집으로 걸어갔다.

한편, 화장실에 간 수연은 술을 깨기 위해 찬물을 끼얹었다.

그러나 오랜만에 먹은 술은 좀처럼 깰 기미가 없었다.

그때였다.

친하게 지내는 후배 이미영이 비틀거리며 들어왔다.

"선배, 괜찮아요?"

"그럭저럭 버틸 만해. 너는 어때?"

핸드백을 연 이미영이 화장을 고치며 툴툴 거렸다.

"죽겠어요. 왜 그렇게 술들을 권하는지 모르겠다니까요."

화장을 다 고친 이미영이 주머니에서 숙취해소음료를 건넸다.

"괴로우면 이거 마셔요. 회식 전에 사놓은 건데 하나 남았어요."

"고마워."

수연은 골이 지끈거리던 참이라, 그녀가 준 음료를 바로 비웠다.

음료를 건넨 이미영은 다시 회식자리로 돌아간 듯 보이지 않았다. 얼굴에 묻은 물기를 손수건으로 닦은 수연은 갑자기 눈앞이 흐려지는 느낌을 받았다. 급히 손으로 세면대를 짚으며 정신을 차리려 노력했다. 대리석으로 만든 바닥과 붉은 조명이 달린 천장이 빙글빙글 돌며 위치를 계속 바꿨다.

어느 순간, 눈앞이 하얘졌다.

수연은 이대로 기절하는가싶어 겁이 덜컥 났다.

그때, 화장실 문이 벌컥 열리더니 검은색 양복을 차려입은 사내 두 명이 안으로 뛰어 들어왔다. 사내들은 팔을 잡아 움직이지 못하게 하더니 그녀를 레스토랑 뒷문으로 데려갔다.

수연은 정신을 차리려 노력했다.

그러나 눈꺼풀이 제멋대로 감겨왔다.

결국, 팔다리에 힘이 풀려 포기하려는 순간, 아랫배에서 따스한 기운이 올라와 몸에 남아 있는 탁기를 밖으로 배출했다.

수연은 그제야 자신이 태을문 백두심공을 익혔다는 사실을 깨달았다. 경황 중이라, 심법을 운기할 생각을 전혀 못했다.

수연은 우건이 가르쳐준 대로 심법을 운기하며 설악권의 한 초식을 펼쳤다. 수연의 팔을 잡은 사내 두 명이 휘청거리며 떨어져 나갔다. 돌연한 사태에 놀란 사내 두 명이 서로를 쳐다보았다. 그들은 수연의 지금 상태가 이해가지 않았다.

수연은 지금쯤 인사불성 상태여야 했다. 한데 인사불성은커녕, 건장한 사내 두 명을 힘으로 찍어눌러버린 상황이었다.

그러나 그들은 곧 정신을 차렸다.

그들이 모시는 주인은 성격이 아주 냉혹한 사람이었다.

그가 내린 지시는 어떻게든 수행해야 목숨을 건질 수 있었다.

철컥!

사내들은 허리춤에서 삼단봉을 꺼내 수연을 공격해갔다.

물론, 그녀가 보여준 방금 전 한 수는 놀라움을 주기에 충분했다. 그러나 그녀가 가녀린 여자란 사실은 변함이 없었다.

부웅!

오른쪽 사내의 삼단봉이 수연의 정수리에 떨어지려는 찰나, 수연은 재빨리 묘향보를 밟으며 오른쪽으로 크게 돌았다.

허공을 친 사내의 삼단봉이 바닥으로 떨어졌다. 그사이,

오른쪽으로 돈 수연은 비어 있는 사내의 옆구리에 주먹을 찔렀다.

펑!

여자가 휘두른 주먹에서 나는 소리라곤 믿을 수 없을 정도로 강한 충격음이 들리더니 사내가 붕 떠올라 뒤로 날아갔다.

"헉!"

두 번째 사내는 동료가 바닥을 뒹구는 모습을 보며 헛바람을 집어삼켰다. 그때, 수연의 주먹이 그의 얼굴에 날아들었다.

"제길!"

사내는 급히 팔을 올려 얼굴을 보호하려했다.

그 순간, 주먹의 방향이 홱 바뀌더니 그대로 사내의 명치에 박혔다. 허리를 푹 꺾은 사내는 오물을 토하며 무너졌다.

수연은 정신이 없었다.

사내들이 쓰러지는 광경을 보기 무섭게 도로 방향으로 달렸다.

레스토랑 뒷문 앞에는 검은색 SUV 한 대가 세워져 있었다. 수연이 자동차 옆으로 달려오는 모습을 본 운전자가 급히 내려 그녀를 막아섰다. 수연은 묘향보를 밟아 속도를 갑자기 줄였다. 그녀를 잡기 위해 뻗은 운전자의 손이 허공을 움켜쥐는 순간, 수연의 가방이 풍차처럼 돌며 날아들었다.

퍽!

관자놀이를 맞은 사내가 비틀거렸다.

수연은 멈추지 않았다.

다시 묘향보를 밟아 속도를 높이더니 주먹으로 심장 부위를 찔렀다. 가슴을 움켜쥔 운전자가 눈을 뒤집으며 쓰러졌다.

운전자를 쓰러트린 수연은 정신없이 골목을 빠져나와 인도에 이르렀다. 차들이 굉음을 내며 8차선 도로를 내달렸다.

수연은 인도를 미친 사람처럼 달리며 뒤를 돌아보았다. 쫓아오는 사람은 없었다. 안심하지 못한 수연은 세 블록을 정신없이 더 달렸다. 그때, 백두심공이 막아주던 취기와 약 기운이 다시 그녀를 덮쳐오기 시작했다. 눈앞이 뿌예지는 느낌을 받은 수연은 얼른 스마트폰을 꺼내 단축번호를 눌렀다.

❖ ❖ ❖

우건은 좌정한 상태에서 입정에 들어가려 애썼다. 그러나 잡생각이 끊이지 않아 몇 번의 도전이 모두 실패로 돌아갔다.

결국, 포기한 우건은 커피를 마시기 위해 방을 나왔다.

거실 시계는 새벽 1시를 가리키는 중이었다.

'생각보다 더 늦는데.'

우건이 그런 생각을 하며 커피를 내릴 때였다.

낮에 들은 벨소리가 다시 들렸다.

우건은 급히 스마트폰을 꺼내 통화버튼을 눌렀다.

"사매?"

"사형……."

"사매, 목소리가 왜 그래? 거기 어디야?"

그러나 수연의 목소리는 더 이상 들려오지 않았다.

2층 창문을 연 우건은 비응보를 펼쳐 쾌영문으로 날아갔다.

사부 원공후에게 쾌영문 지객당주(知客堂主)라는 거창한 지위를 부여받은 김은이 반쯤 감긴 눈을 비비며 문을 열었다.

"어, 다시 오신 겁니까?"

"문주는 어디 계시나?"

"3층에서 주무실 겁니다."

우건은 곧장 3층으로 올라가 닫힌 문을 쾅쾅 두드렸다.

잠시 후, 잠옷을 입은 원공후가 놀란 표정으로 문을 열었다.

"무슨 일이십니까?"

우건은 다짜고짜 물었다.

"사매의 위치를 알 수 있는 방법이 있소?"

원공후는 역시 노련했다.

흥분한 듯한 우건을 소파에 먼저 앉힌 다음, 차분히 물었다.

"천천히 얘기해보십시오. 대체 무슨 일입니까?"

우건은 수연이 전화를 받지 않는단 사실을 솔직히 털어놓았다.

잠시 고민한 원공후가 2층에 소리쳤다.

"동아!"

3층 대화에 귀를 기울이던 김동이 허겁지겁 올라와 물었다.

"찾으셨습니까?"

"오 선생의 휴대전화를 추적할 수 있느냐?"

"번호만 알면 가능합니다."

"그럼 번호를 줄 테니까 넌 빨리 위치를 추적해라."

원공후는 우건의 스마트폰에 있는 전화번호를 적어 건넸다.

번호를 받은 김동은 2층에 있는 자기 방으로 들어갔다.

우건은 원공후를 따라 김동의 방에 들어가 보았다.

김동의 방에는 모니터와 컴퓨터 본체가 여러 대 있었다.

모니터를 킨 김동이 키보드를 두드리며 무언가를 찾기 시작했다.

원공후는 그사이, 첫째 김은을 호출했다.

"술은 다 깼냐?"

김은이 차렷 자세로 대답했다.

"진즉에 깼습니다!"

"그럼 가서 차의 시동을 켜둬라. 바로 출발한다."

"예!"

우건은 원공후와 함께 김은이 모는 세단에 올라 이동했다. 회식을 멀리 떨어진 장소에서 하진 않았을 거라는 원공후의 의견에 따라 먼저 병원 근처로 이동했다. 그곳에서 대기하며 김동이 수연의 위치를 알아내길 기다리기로 결정했다.

다행히 김동은 금방 위치를 찾아냈다.

"동쪽으로 다섯 블록 떨어진 위치에 있답니다."

동생과 통화한 김은이 바로 차를 동쪽으로 몰았다.

둘째 김동은 수연이 통화할 때 쓴 기지국을 찾아냈을 뿐, 수연이 지금 정확히 어느 위치에 있는지는 알아내지 못했다.

다시 말해 차에서 내려 직접 찾아야 한다는 소리였다.

우건과 원공후, 그리고 김은은 차에서 내려 주변을 돌아다녔다. 우건은 월광보와 비웅보, 그리고 섬영보를 번갈아 펼치며 거리 주변을 샅샅이 수색했다. 그러기를 얼마나 했을까.

누군가가 건물 사이 벽 틈에 기대 앉아 있는 모습이 눈에 들어왔다. 우건은 바로 달려가 정체를 확인했다. 수연이었다. 수연은 벽에 기댄 상태로 기절한 듯했다. 반응이 전혀 없었다.

우건은 수연의 몸부터 살폈다.

주먹이 좀 부은 것 외엔 다친 데가 없었다.

수연을 안은 우건은 바로 차가 있는 장소로 달려갔다.

6장. 악인의 그림자

김진성은 차명으로 운영하는 술집 룸에 혼자 앉아 술을 마시며 문이 열리길 기다렸다. 문은 정확히 그가 예상한 시간에 열렸다. 그러나 상황은 그가 예상한 대로 흘러가지 않았다.

수연을 납치하러 간 부하 세 명이 엉거주춤한 자세로 들어섰다. 한 사내는 갈비뼈가 나간 듯 걸을 때마다 절뚝거리며 옆구리를 만졌다. 그리고 그 옆에 사내는 얼굴이 노랗게 떠 있었는데 내부 장기에 상당한 충격을 받은 듯했다. 마지막으로 운전을 맡은 사내는 관자놀이가 통통 부어올라있었다.

쾅!

김진성은 마시던 위스키 잔을 테이블 위에 내리쳤다.

"왜 네놈들만 온 거냐?"

갈비뼈가 나간 사내가 두목인 듯 주춤거리며 나왔다.

"그게 저……."

"빨리 말해!"

"여, 여자가 도망쳤습니다."

김진성의 눈가가 가늘어졌다.

"동거하던 그 새끼가 나타난 거냐?"

"아, 아닙니다."

"그럼 현장에 다른 놈이 있었어?"

"현, 현장에는 여자 혼자였습니다."

김진성은 손에 묻은 술을 물수건으로 닦아냈다.

"자세히 말해봐."

두목은 시키는 대로 최대한 자세히 그간의 사정을 설명했다.

김진성이 안경을 벗어 닦기 시작했다.

"지금 그 말을 믿으란 거야?"

두목은 바닥에 무릎을 꿇었다.

"정, 정말입니다. 믿어주십시오."

"그년이 물뽕을 마신 상태에서 네놈들 셋을 다 때려눕혔다고?"

두목 뒤에 엉거주춤한 자세로 서 있던 나머지 두 사내 역시 얼른 무릎을 꿇었다. 그리고 한목소리로 사실이라 대답했다.

김진성은 화가 난 듯 안경을 닦던 손으로 술이 든 유리컵을 던졌다. 두목은 급히 옆으로 피했지만 뒤에 있던 사내는 피하지 못했다. 이마에 유리컵을 정통으로 맞은 사내가 뒤로 벌러덩 넘어갔다. 박살난 컵 조각이 사방으로 날아갔다.

"꼴 보기 싫으니까 빨리 꺼져버려!"

두목과 운전을 맡은 사내가 쓰러진 사내를 부축해 룸을 나갔다.

"쓸모없는 새끼들."

부하에게 욕을 한 김진성은 안경을 다시 썼다.

김진성이 몇 시간 전, 이미영에게 준 숙취해소음료에는 물뽕이라 불리는 GHB가 다량 들어 있었다. GHB는 다량으로 복용할 경우, 혼절, 정신착란, 흥분증세 등을 유발하는 마약이었다. 특히, 성범죄자가 여자를 강간할 때 즐겨 쓰는 마약으로 악명이 높았다. GHB가 흔한 미국에서는 아예 데이트 레이프 드러그, 즉 데이트 강간에 사용하는 약이라 불렀다.

이미영은 분명 수연에게 GHB가 들어간 숙취해소음료를 건넸다. 그리고 수연이 마시는 모습까지 확인했다. 한데 그런 수연이 건장한 부하 셋을 불과 1분 만에 때려눕혔다는 것이다.

잠시 고민한 김진성은 결국 스마트폰을 꺼내 번호를 눌렀다.

잠시 후, 저쪽에서 누군가가 전화를 받았다.

김진성은 룸 구석에 걸어가 조심스런 목소리로 입을 열었다.

"접니다."

3, 4초의 공백이 있은 후, 감정이 느껴지지 않는 음성이 들렸다.

"끊으시오."

몸을 부르르 떤 김진성은 얼른 통화종료 버튼을 눌렀다.

그들은 전화로 연락하는 행동을 끔찍이 싫어했다.

하지만 지금은 다른 방법이 없었다.

수연을 어떻게든 그 앞에 무릎 꿇려야겠단 생각으로 가득했다. 통화를 마친 김진성은 초조한 표정으로 룸 안을 오갔다.

그로부터 30분쯤 지났을까.

문이 스르륵 열리며 검은색 양복에 검은색 선글라스를 쓴 사내가 들어왔다. 새벽 3시에 선글라스를 쓴 모습이 다른 사람들에게는 이상하게 보일지 모르겠지만 그에겐 자연스러운 모습이었다. 그들은 얼굴을 제대로 보여준 적이 없었다.

"앉으십시오."

선글라스로 얼굴 반을 가린 사내에게 서둘러 자리를 권한 김진성이 테이블에 널려있는 고급 양주를 가리키며 물었다.

"술을 하시겠습니까?"

사내는 자리에 앉지 않았다.

그리고 술을 달라는 소리 역시 하지 않았다.

대신, 김진성을 물끄러미 쳐다보며 물었다.

"왜 불렀소?"

여전히 감정이 느껴지지 않는 목소리였다.

마치 은행 ATM 기계를 상대하는 듯했다.

엉거주춤한 자세로 서 있던 김진성이 허리를 똑바로 세웠다.

"그놈을 없애야겠습니다."

"일전에 알아봐 달라 부탁한 그놈 말이오?"

"그렇습니다."

사내가 짧게 기른 수염을 매만지며 고개를 살짝 꺾었다.

"놈은 고수요. 감시할 때 우리 애들이 거의 발각당할 뻔했소."

김진성이 다급한 목소리로 말했다.

"압니다. 그래서 그쪽에 부탁하는 겁니다. 놈이 고수가 아니었으면 내 밑에 있는 애들을 시켜 진작 해치워 버렸을 겁니다."

수염에서 손을 뗀 사내가 팔짱을 꼈다.

"비용이 꽤 나갈 거요."

"상관없습니다."

사내가 창백한 손가락으로 선글라스를 밀어 올렸다.

"좋소. 큰 거로 서른 장에 청부를 받겠소. 전에 거래하던 대로 반은 착수 전에, 그리고 나머지 반은 성공 후에 받을 거요."

김진성은 살짝 움찔했다.

비용이 꽤 나갈 거라는 말은 들었지만 서른 장은 너무 많았다.

그러나 그에게는 선택의 여지가 없었다.

이미 선을 넘어 버린 상황이었다.

수연과 동거하는 놈이 이미영을 통해 추적하면 배후에 그가 있다는 사실이 밝혀질 터였다. 그 전에 먼저 움직여야 했다.

원래 그가 처음 세운 계획은 수연을 먼저 차지한 후에 놈을 따로 처리하는 것이었다. 그러나 지금은 순서를 바꿀 필요가 있었다. 놈을 처리한 후에 수연을 차지하기로 마음먹었다.

마음을 정한 김진성이 다시 물었다.

"지급방식은 전과 같습니까?"

"그렇소. 전처럼 사용한 지폐로 준비해두시오."

"알겠습니다. 내일 저녁 이곳에서 드리겠습니다."

별다른 말없이 고개를 끄덕인 사내는 이내 몸을 돌려 룸을 나갔다. 들어올 때와 마찬가지로 유령처럼 자취를 감추었다.

그 모습을 보며 진저리를 친 김진성이 스마트폰을 집어 들었다.

"나다."

김진성이 던진 유리컵에 거의 맞을 뻔했던 두목이 대답했다.

"말씀하십시오."

"내일 저녁까지 현금 15억을 준비해둬라."

"알겠습니다."

김진성은 잠시 말을 멈췄다가 물었다.

"그녀는?"

"혹시 몰라 재워뒀습니다."

"별장으로 옮겨둬라."

이번에는 두목이 대답을 머뭇거렸다.

김진성이 재촉했다.

"알아들었어?"

"예, 그렇게 하겠습니다."

통화를 마친 김진성은 위스키 반병을 더 비운 후에 일어섰다.

1시간 후, 서울 교외에 있는 개인 별장에 도착한 김진성은 곧장 침실로 향했다. 침실 안 침대에는 이미영이 누워 있었다.

　김진성은 곧장 옷을 벗었다. 그리고 침대에 달려들어 이미영의 옷을 벗겼다. 순식간에 알몸이 된 이미영이 눈을 떴다.

　"김, 김 선생님?"

　"가만있어!"

　김진성은 저항하는 이미영을 힘으로 찍어 눌렀다.

　한쪽만 일방적으로 즐긴 정사가 끝난 후, 김진성은 옆으로 돌아누운 자세로 훌쩍이는 이미영을 보다가 벌떡 일어섰다.

　잠시 후, 김진성은 맨몸에 가죽 앞치마를 두른 모습으로 돌아왔다. 그리고는 훌쩍이는 이미영의 머리채를 틀어쥐어 침대 밖으로 끌어내렸다. 머리채가 틀어 잡힌 이미영이 아프다며 비명을 질렀다. 그러나 김진성은 개의치 않는 듯 별장에 있는 그의 작업실로 그녀를 짐승처럼 질질 끌고 갔다.

　작업실 안에는 병원에서 쓰는 기구가 잔뜩 있었다.

　이미영은 이미 두려움에 질려 인사불성인 상태였다.

　"왜, 왜 이러는 거예요? 나, 나에게 무슨 짓을 하려는 거예요?"

　김진성은 그런 이미영을 수술대에 눕힌 다음, 손발을 묶었다.

이미영은 발버둥을 쳐봤지만 결박이 단단해 소용이 없었
다.

그사이, 의료용 톱을 가져와 전원을 킨 김진성이 히죽 웃
었다.

"오수연 그 걸레년을 원망해라. 이건 다 그년 탓이니까."

❖ ❖ ❖

별장 밖에 주차해놓은 차에 기대 담배를 피던 두목은 고
개를 돌려 김진성이 있는 작업실 방향을 보았다. 방음이 완
벽한 탓에 소리가 들리진 않았지만 그는 여러 번의 경험을
통해 알 수 있었다. 지금 이미영이란 의사는 차라리 죽는 게
낫다는 생각이 들 만큼 끔찍한 고통을 겪는 중일 터였다.

이마에 붕대를 감은 사내가 두목에게 조심스레 물었다.

"미친놈이 또 그 짓을 하는 중입니까?"

"그럴 거다."

세 번째 사내가 한숨을 쉬며 물었다.

"우린 대체 언제까지 이 미친 짓을 해야 하는 겁니까?"

"놈이 죽거나, 우리가 죽거나 둘 중 하나가 죽어야 끝나
겠지."

붕대를 감은 사내가 물었다.

"경찰에 확 신고해 버리는 건 어떻습니까?"

두목이 씁쓸한 얼굴로 고개를 저었다.

"우린 이미 공범이야."

그때, 두목이 손에 쥔 스마트폰에 불이 들어왔다.

담배를 얼른 비벼 끈 두목이 스마트폰을 귀에 가져갔다.

"예."

짧게 대답한 두목이 부하들에게 따라오란 손짓을 했다. 긴장한 두 사내는 두목의 뒤를 따라가며 인상을 잔뜩 찡그렸다.

뒷문을 통해 안으로 들어간 두목은 훅 끼쳐온 피 냄새에 속이 울렁거리는 느낌을 받았다. 그러나 티를 내지 않았다.

김진성은 부하들이 불쾌한 표정을 짓는 행동을 아주 싫어했다.

김진성의 작업실은 차마 입에 담기 힘들 정도로 끔찍했다. 피와 살점이 온 사방에 흩어져 있었다. 김진성은 평소와 다르지 않은 표정으로 몸에 묻은 피를 수건으로 닦으며 천장에 설치한 디지털카메라에서 메모리카드를 꺼내는 중이었다.

세 사내는 김진성이 만들어 놓은 끔찍한 참상을 치우기 시작했다. 욕지기가 나왔지만 지금은 참는 수밖에 방법이 없었다.

김진성은 세 사람이 작업실 안을 치우든 말든, 상관없다는 듯 침실로 곧장 돌아가 벽에 설치한 금고를 열었다. 금고 안에는 방금 꺼낸 것과 같은 메모리카드 10여 개가 있었다.

마치 사랑스러운 자식을 보듯 금고 안의 풍경을 바라보던 김진성은 방금 꺼낸 메모리카드를 비어 있는 자리에 넣었다.

❖ ❖ ❖

"으으."

수연은 머리가 깨질 듯이 아파 입에서 절로 신음이 나왔다.

커튼 틈으로 새어 들어온 햇살을 받으며 눈을 뜬 수연은 먼저 주위를 둘러보았다. 그녀는 바로 안도의 숨을 내쉬었다.

그녀가 깨어난 장소는 30년 가까이 보았던, 그래서 너무나 익숙한 자신의 방이었다. 돌아가신 아버지가 선물해 준 낡은 곰 인형이 언제나처럼 아침에 일어난 그녀를 반겨주었다.

시선을 반대편으로 돌렸다.

반대편에는 의학서적으로 가득한 책꽂이와 책상, 그리고 화장대가 있었다. 한데 전엔 없던 무언가가 화장대 옆에 있었다.

수연은 눈을 비빈 후에 다시 떠보았다.

우건이 담담한 눈빛으로 그녀를 내려다보는 중이었다.

수연은 당황한 표정으로 얼굴부터 가렸다.

"보지 말아요. 얼굴이 엉망일 거예요."

"그보다 몸은 어때?"

"잠시만요. 심공을 운기해볼 게요."

수연은 누운 상태에서 백두심공을 운기해 보았다.

"괜찮은 것 같아요."

"다행이군. 그럼 씻고 나와."

우건은 방을 나와 소파에 앉았다.

오늘 새벽, 인사불성이던 수연을 집에 데려와 치료에 들어갔다.

치료를 돕던 원공후에 따르면 수연은 술에 취해 인사불성에 빠진 게 아니었다. 무언가 알 수 없는 약물에 취해 정신을 차리지 못하는 상태였다. 우건 역시 그 의견에 동의했다.

강호에는 무인에게 치명상을 가할 수 있는 독물과 약물이 수백 가지에 이르렀다. 우건과 원공후가 가진 지식이라면 약물의 정체를 알아내지 못할 리 없었다. 그러나 우건은 수연에게 쓴 약물이 뭔지 알아내지 못했다. 그 말은 수연이 복용한 약물이 그들이 모르는 현대의 약물이란 뜻이었다.

우건은 일단 태을문 운기요상법을 동원해 그녀를 혼절하게 만든 미지의 약물을 밖으로 배출시키는 데 최선을 다했다.

다행히 아주 까다로운 약물은 아니었다. 치료를 마친 수연은 곧 잠이 들었다. 우건은 그녀를 방에 데려가 눕혔다. 잠옷을 입으면 더 편하겠지만 나중 일을 생각해 발견한 상태로 눕혔다. 그리고 그녀가 일어날 때까지 상태를 지켜보았다.

후유증은 없는 듯해 천만다행이었다.

목욕을 마친 수연은 옷을 갈아입은 후에 거실로 나왔다.

수연이 커피를 내리며 물었다.

"그런데 제가 어떻게 집에 온 거예요?"

우건은 그녀가 새벽에 전화한 사실을 말해주었다.

그 말을 들은 수연은 기억이 전혀 없는 듯 놀란 표정을 지었다.

"맙소사, 새벽에 그런 일이 있었어요? 이런 쾌영문 문주님과 문주님 제자들에게 큰 신세를 졌네요. 물론, 사형에게도요."

"기억나는 게 전혀 없는 거야?"

커피 한 잔을 우건에게 건넨 수연이 옆에 앉으며 대답했다.

"어떤 남자들이 절 납치하려 한 일만 기억나요."

우건은 커피를 마시며 말했다.

"그럼 기억나는 부분을 자세히 말해봐."

수연은 커피를 마시며 희미하게 이어지는 기억을 최대한 복원하려 애썼다. 다 들은 우건은 이미영이 준 숙취해소음료에 주목했다. 지금으로서는 이미영이 주었다는 숙취해소음료에 수연이 복용한 약물이 들어 있을 확률이 가장 높았다.

수연이 멍한 얼굴로 물었다.

"미영이가 준 음료에 약물이 들었을 거라고요?"

"그럴 가능성이 높아."

수연은 믿기지 않는다는 듯 고개를 세차게 저었다.

"미영이는…… 미영이는 그럴 아이가 아니에요."

"그 미영이란 후배 역시 누군가에 이용당했을지 모르지."

수연이 한숨을 길게 내쉬었다.

"휴, 그렇다면 결국 직접 물어보는 수밖에 없겠군요."

"오늘은 출근하지 마."

"왜요?"

"아직은 상태를 더 지켜봐야해."

"알았어요. 그렇게 할게요."

수연은 병원에 전화를 걸었다.

병원이 소란스러운 듯했지만 어쨌든 병가를 내는데 성공했다.

그날 오후, 초인종이 울렸다.

우건과 함께 백두심공을 운기하던 수연이 현관으로 뛰어
갔다.

"누구예요?"

"쾌영문주입니다."

"아, 어서 들어오세요."

수연은 원공후와 함께 거실로 돌아왔다.

원공후가 수연의 기색을 살피며 물었다.

"몸은 좀 어떠십니까?"

"많이 좋아졌어요. 어제 저 때문에 고생하셨다면서요.
어떻게 감사를 드려야할지. 도울 일이 있으면 언제든 말씀
하세요."

원공후가 쑥스러운 듯 머리를 긁적거렸다.

"말씀만으로도 고맙습니다. 아참, 이거 받으십시오."

수연은 원공후가 건넨 꾸러미를 받으며 물었다.

"뭐예요?"

"몸이 허할 때 먹으면 좋은 약입니다."

"고마워요. 잘 먹을게요."

약을 준 원공후가 담소를 나누다가 막 돌아갔을 무렵이
었다.

다시 초인종이 울렸다.

수연이 우건을 보며 웃었다.

"문주님이 잊고 가신 게 있나보네요."

현관으로 달려간 수연이 문을 열며 물었다.

"잊고 가신 게…… 어, 누구세요?"

그녀의 목소리에 의아함 깃드는 것을 느낀 우건은 얼른 현관으로 향했다. 현관문 앞에 남자와 여자 두 명이 서 있었다.

남자는 점퍼를 입은 평범한 중년사내였다.

문제는 중년사내 옆에 서 있는 젊은 여자였다.

여자는 바로 특무 3팀 부팀장 진이연이었다.

중년사내가 신분증을 내밀었다.

"강남서 강력계 조희준(趙熙俊) 경사입니다."

조희준이 진이연을 힐끗 돌아보며 설명을 덧붙였다.

"같이 오신 분은 타 부서 진이연 경감입니다."

수연은 흠칫해 뒤로 한발 물러섰다. 그녀는 조희준과 진이연이 그녀가 가담한 사견조 실종사건을 조사하러온 줄 알았다.

우건은 바로 전음을 보냈다.

─당황하지 마. 사견조 사건 때문에 온 게 아닐 거야.

우건의 전음에 힘을 얻은 수연이 애써 미소를 지으며 물었다.

"저에게 볼일이 있으신가요?"

조희준이 우건에게 시선을 보내며 물었다.

"영제병원에서 레지던트로 일하는 오수연 씨 맞습니까?"

"맞아요. 제가 오수연이에요."

"영제병원에서 같이 근무하는 이미영 씨와 친하다는데 맞습니까?"

수연은 전혀 예상 못한 질문이었기에 당황해 물었다.

"미영이요? 미영이가 왜요?"

조희준이 턱으로 거실을 가리켰다.

"안으로 들어가서 얘기할 수 있을까요?"

"아, 들어오세요."

조희준과 진이연은 거실에 들어와 수연이 권한 소파에 앉았다.

수연이 주방으로 걸어가며 물었다.

"마실 것을 드릴까요?"

"괜찮습니다."

수연은 정수기에서 물을 떠와 조희준과 진이연 앞에 놓았다.

물을 한 모금 마신 조희준이 주머니에서 수첩을 꺼내며 물었다.

"이미영 씨를 마지막으로 본 시간이 언제입니까?"

"그보다 미영이 얘기는 왜 물어보는 거죠?"

"아직 듣지 못하셨나보군요. 이미영 씨가 오늘 새벽 1시가 30분경에 실종되셨습니다. 가족은 아침이면 들어올 거라 생각했는데 오후가 되도록 연락이 없어 실종신고를 했습니다."

수연은 깜짝 놀라 물었다.

"미, 미영이가 실종되었다고요?"

"그렇습니다."

두 사람의 대화를 들은 우건은 수연에게 전음을 보냈다.

-화장실에서 만난 게 마지막이라고 대답해. 그 미영이란 후배에게서 약이 든 숙취해소음료를 받았단 사실과 정체를 알 수 없는 사내들이 납치하려했다는 사실은 말하지 말고.

우건만 알 수 있을 정도로 고개를 살짝 끄덕인 수연은 조희준에게 이미영을 화장실에서 마지막으로 보았다고 진술했다.

조희준이 수첩에 무언가를 끼적이며 물었다.

"이미영 씨는 평소에 어떤 후배였습니까?"

"미영이요? 붙임성이 좋아서 인기가 많았어요."

조희준은 본격적으로 이미영의 개인사를 물어보기 시작했다.

그들의 대화를 듣던 우건은 날카로운 시선이 자신에게 날아와 꽂히는 느낌을 받았다. 물론, 시선의 주인은 진이연이었다.

뒤이어 그녀의 전음이 들려왔다.

-복면을 쓴 모습보다 지금 모습이 훨씬 더 괜찮군요.

우건은 피식 웃었다.

그녀가 처음 나타났을 때부터 이런 일을 예감한 우건이었다.

우건은 그녀의 맨 얼굴을 본 적이 있었다. 그녀가 특무대와 함께 한세동의 거처에 쳐들어갔을 때였다. 한세동의 제자 흑사신 임도건이 발출한 흑수투심장의 음유한 기운에 당해 죽을 위기에 처했을 때, 우건의 도움으로 살아난 적 있었다.

당시 우건은 그녀가 쓴 복면을 벗겨 얼굴을 확인했었다. 눈꼬리가 살짝 올라가 있어 조금 차가워 보이는 인상의 미녀였다.

반면, 우건은 복면을 끝까지 벗지 않아 진이연은 그의 얼굴을 제대로 보지 못했다. 진이연이 우건의 얼굴을 보는 것은 이번이 처음이었다. 그러나 체격과 풍기는 분위기로 우건의 정체를 알아낸 모양이었다. 그녀 수준의 실력이라면 복면 따위는 정체를 가리는 데 별로 도움을 주지 못할 것이다.

우건은 정체를 숨길 이유가 없었다.

-이곳은 어떻게 찾았소?

진이연의 눈꼬리가 샐쭉해졌다.

-경찰을 너무 물로 보는 거 아니에요?

우건은 고개를 살짝 저었다.

-물로 본 적 없소. 오히려 감탄한 적이 더 많소.

진이연이 어깨를 으쓱거리며 비꼬았다.

-이거 과찬에 몸 둘 바를 모르겠군요.

-이곳은 어떻게 찾았소?

-우선 월영루가 있는 과천 연지암 부근을 뒤졌어요. 마침 택시를 타고 연지암 근처에 도착한 손님이 한 명 있더군요. 그런데 그 손님은 택시 안에 감시카메라가 있다는 사실을 몰랐던 모양이에요. 얼굴이 아주 자세하게 찍혀 있더군요.

우건은 미간을 찌푸렸다.

진이연의 말대로였다.

연지암 위치를 모른 우건은 택시를 타고 이동한 적이 있었다. 한데 그 택시 안에 감시카메라가 있던 모양이었다. 아마 진이연은 감시카메라의 영상을 확인해 그를 찾은 듯했다.

우건은 다시 전음을 보냈다.

-그건 내 얼굴뿐이지 않소.

-맞아요. 얼굴뿐이었어요.

-하면 이 주소는 어떻게 알아낸 거요?

-두 번째 단서는 은두산 주차장이었어요. 조폭들이 어떤 여자를 희롱하려다가 팔이 긴 중년남자에게 된통 당했다는 목격자가 있었어요. 그런데 그 중년남자에겐 동행이 한 명 있었어요. 그 동행의 신상정보가 당신과 비슷하더군요. 나는 바로 파고들었어요. 다행히 주변 감시카메라에

차의 번호판이 찍혀 있더군요. 그 번호를 추적해 렌터카업체를 알아냈어요. 그리고 렌터카업체를 통해 차를 빌린 사람의 이름과 주민등록번호를 알아냈어요. 그 다음에는 키보드 한 번 두드리는 것으로 간단하게 주소를 알아낼 수 있었죠.

그녀의 설명은 논리가 정연했다.

또, 일목요연했다.

문제는 그 정보를 아는 사람의 숫자였다.

우건은 재차 전음을 보냈다.

—그 사실을 몇 명이나 아는 거요?

—특무대에서 나 외에 누가 알고 있느냐는 뜻의 질문인가요?

—그렇소.

진이연이 슬쩍 웃었다.

—걱정 말아요. 그 정보는 나만 아니까.

—그 말을 믿으라는 거요?

진이연이 우건을 똑바로 응시하며 대답했다.

—당신이 적인지, 아니면 아군인지는 아직 확신할 수 없지만 당신이 내 목숨을 구해주었다는 사실은 변하지 않으니까요.

—은혜를 갚았단 거요?

—맞아요. 당신을 추적한 기록 역시 남기지 않았으니까

나 외에 당신의 정체를 자세히 아는 사람은 없어요. 물론, 당신이 기절시킨 5조장 때문에 한명진의 거처에서 일어난 일에 의혹을 가진 수뇌부가 있기는 하지만 의혹일 뿐이니까요.

우건은 진이연의 말을 완전히 믿지 않았다.

그러나 믿지 않는다고 해서 달라질 일 역시 없었다.

우건은 팔짱을 끼며 물었다.

―오늘은 왜 온 거요? 이미영의 실종 사건 때문이오?

―맞아요.

―특무대가 왜 이미영의 실종을 조사하는 거요?

진이연이 숨을 잠시 고르며 대답했다.

―이미영의 아버지는 경찰 고위관계자와 고등학교 동창이에요. 힘없는 사람은 실종신고를 해도 조사에 들어가는 데 며칠이 걸리지만 이미영처럼 인맥이 있는 경우엔 바로 조사에 들어가죠. 조직사회란 그런 거니까요. 하지만 그게다는 아니에요. 이미영을 조사하는 데는 이유가 하나 더 있어요.

―그게 뭐요?

진이연은 잠시 갈등하는 눈빛을 보이며 대답했다.

―지금 내사에 들어간 불법조직이 하나 있어요. 그 조직과 관련 있다는 말 외에는 말해줄 수 있는 정보가 거의 없어요.

-한데 부팀장이 이런 현장조사를 직접 하는 거요?

진이연은 피식 웃었다.

-물론, 이런 일은 부하를 시키는 경우가 더 많죠. 아, 한 가지 말 못한 일이 있는데 나 이번에 진급했어요. 경감으로 요. 그리고 특무대가 새로 만든 5팀의 팀장까지 맡았어요.

-축하하오.

-고마워요. 모두 당신 덕분이었어요.

-내 덕분?

-특무대에서는 한명진, 아니 한세동을 없앤 사람이 나라 고 생각해요. 당신이 해준 운기요상법 덕분에 단전에 있는 잡스러운 내력이 순수해지며 실력 역시 전보다 좋아졌고 요.

-어쨌든 진급한 건 축하하오.

-다시 한 번 고마워요.

우건은 진이연의 눈을 바라보며 물었다.

-그래서 당신이 직접 온 이유는 뭐요?

진이연은 잠시 머뭇거리다가 대답했다.

-강남서에서 이미영의 실종을 조사하기 위해 오수연을 조사한다는 첩보가 들어왔기에 내가 간다고 했어요. 당신 과 오수연이 왠지 같이 있을 것 같단 느낌이 들었기 때문이 에요.

우건은 피식 웃었다.

-직접 보고 실망한 건 아니오?

-다른 일 때문에 실망했지만 외모 때문에 실망하진 않았어요.

-다른 일?

진이연은 조희준이 일어서는 모습을 보며 대답했다.

-그런 게 있어요. 아무튼 조사가 끝난 모양이니까 가볼게요.

진이연은 조희준과 함께 현관으로 이동하며 물었다.

-그런데 한 가지 물어봐도 돼요?

-물어보시오.

-당신은 최초의 100인 중 한 명인가요?

-최초의 100인?

-과거에서 넘어온 사람들이요.

-특무대는 그들을 최초의 100인이라 부르는 거요?

진이연이 구두를 신으며 대답했다.

-그래요.

-당신이 내 질문에 대답하면 말해주겠소.

-뭔데요? 질문이.

-당신을 가르친 사부가 그 최초의 100인에 속해 있소?

잠시 천장을 본 진이연이 고개를 저었다.

-대답할 수 없는 질문이네요. 방금 질문은 못들은 걸로 해줘요.

-알겠소.

조희준이 수연에게 협조해줘 고맙다는 말을 하며 돌아섰다.

우건을 바라보던 진이연 역시 돌아서며 전음을 보냈다.

-혈림(血林)에 대해 알아요?

-모르오.

-만약, 그들과 엮인 거라면 살수를 조심하는 게 좋을 거예요.

전음을 마친 진이연은 조희준을 따라 계단 밑으로 내려갔다.

형사들을 배웅한 수연은 먼저 거실로 돌아갔다. 우건이 현관문을 잠그기 위해 다가서는 순간, 새하얀 빛이 가슴으로 날아들었다. 우건은 재빨리 광호기경 초식으로 빛을 낚아챘다.

그가 낚아챈 빛은 하얀색 명함이었다.

-필요한 일 있으면 그 번호로 연락해요.

진이연의 마지막 전음이었다.

우건은 명함의 이름을 확인했다.

진이연이란 이름과 휴대전화번호가 전부였다.

직장이나, 계급, 소속에 대한 정보는 전혀 나와 있지 않았다.

우건은 명함에 적힌 번호를 기억한 다음, 삼매진화로 태웠다.

수연이 걱정스러운 표정으로 물었다.

"미영이는 괜찮은 걸까요?"

우건은 잠시 고민하다가 물었다.

"솔직한 대답을 원해?"

흠칫한 수연이 고개를 천천히 끄덕였다.

"좋아요. 솔직하게 대답해줘요."

"이미 이 세상 사람이 아닐 거야."

"아!"

수연은 충격을 받은 듯 소파 등받이에 머리를 털썩 기댔다.

"고작 약을 건네준 사실을 감추기 위해 죽였단 거예요?"

"그런 놈들은 다른 사람의 목숨을 하찮게 여기기 마련이거든."

수연이 분노한 듯 주먹을 꼭 쥐었다.

"그자들이 정말 미영이를 해쳤다면 절대 용서하지 않을 거예요."

우건은 거실 커튼을 열어 차에 오르는 조희준과 진이연의 모습을 지켜보았다. 진이연은 그럴 줄 알았다는 듯 우건을 향해 한쪽 눈을 찡긋해보였다. 열 길 물속은 알아도 한 길 사람 속은 모른다지만 최소한 그에게 악의는 없는 듯했다.

커튼을 닫은 우건이 고개를 돌리며 물었다.

"혹시 의심 가는 사람 없어?"

"미영이에게 약이 든 음료를 건넬 만한 사람이요?"

"그래."

수연이 천장을 보며 대답했다.

"한 명 있기는 한데 확실하진 않아요."

"누군데?"

"김진성이라고 영제의료원 차기 후계자예요. 지금은 제가 있는 병원에서 신경외과 펠로우로 현장 경험을 쌓는 중이고요."

우건이 소파 옆에 앉으며 물었다.

"왜 그를 의심하지?"

수연이 우건의 눈치를 살피며 대답했다.

"몇 달 전, 둘 다 잘 아는 후배를 이용해 그가 데이트 신청을 한 적 있었어요. 물론, 전 신청을 단칼에 거절했고요. 그런데 오히려 거절한 후에 더 적극적으로 나오는 거예요."

우건은 소파 팔걸이에 팔을 올리며 생각에 잠겼다.

수연은 그런 우건의 표정에서 감정을 알아내려 애썼지만, 워낙 표정이 없어 무슨 생각을 하는지 알 방법이 없었다.

우건이 천천히 고개를 끄덕였다.

"사매가 제대로 본 모양이군."

"그래요?"

"영제의료원 후계자라면 부하들을 동원하는 게 가능할 거야. 그리고 미영이란 후배 역시 전혀 의심하지 않았을 테고."

"그가 정말 이런 짓을 했을까요? 겉보기엔 멀쩡해 보이던데."

우건의 공허한 시선이 허공의 한 점을 응시했다.

"내가 중원 강호를 3년간 돌아다니며 얻은 깨달음이 하나 있다면 절대 사람의 겉모습에 현혹되어선 안 된다는 거야. 세상에는 미소 속에 칼날을 감춘 자들이 부지기수야. 달콤한 말과 번듯한 외모에 놀아나다보면 본질을 못 보는 법이지."

"무슨 말인지 알겠어요."

대꾸한 수연이 일어나 우건 앞에 섰다.

"아까 여자 형사님과 전음으로 대화를 나눴죠?"

"알고 있었어?"

"긴가민가했어요."

"맞아. 전음으로 대화를 나누었지."

"그 여자 형사님이 전음을 할 수 있을 정도의 고수인 거예요?"

우건은 진이연을 만난 과정을 간략하게 설명했다. 그리고 오늘 나눈 전음의 내용 역시 몇 부분만 빼고 다 말해주었다.

그녀는 이제 사매였다.

그는 사매에게 무언가를 숨긴 적이 없었다.

수연이 이제야 알았다는 듯 고개를 끄덕였다.

"그런 일이 있었군요. 그런데 진이연이라는 형사님은 왜 혈림에 대해 말해준 걸까요? 우리가 모르는 무언가가 있는 걸까요?"

"우선 그 전에 혈림이 어떤 조직인지 알아봐야겠어."

"어떻게요?"

"이런 일을 잘 아는 사람이 우리 옆에 있잖아."

"아!"

두 사람은 곧장 쾌영문을 찾았다.

마침 1층에 원공후와 은동철 삼형제가 모두 모여 있었다. 수연을 처음 본 은동철 삼형제가 그대로 얼어붙었다. 김은은 어제 새벽에 수연을 구하며 잠깐 보기는 했지만 머리카락이 얼굴을 가린 통에 제대로 볼 기회가 없긴 마찬가지였다.

퍽퍽퍽!

원공후의 재빠른 손길에 은동철 삼형제의 머리에 혹이 생겼다.

"이놈들이 감히 주모님의 얼굴을 빤히 쳐다봐!"

그제야 정신을 차린 삼형제가 서둘러 허리를 굽혔다.

"처음 뵙습니다. 김은입니다."

"김동입니다."

"막내 김철입니다."

수연이 어색하게 웃으며 마주 인사했다.

"수연의원에 사는 오수연이에요. 일이 바빠 정식으로 인사드릴 기회가 없었네요. 오늘 새벽에 저 때문에 고생하셨단 말을 들었어요. 이 기회를 통해 감사하단 말씀을 전할게요."

삼형제는 폈던 허리를 얼른 다시 굽혔다.

"별말씀을."

"별것 아니었습니다."

"전 별로 한 일이 없습니다."

원공후가 삼형제에게 음료와 다과를 내오게 한 후 물었다.

"늦은 시간에 웬일이십니까?"

우건은 단도직입적으로 물었다.

"혈림을 아시오?"

"혈, 혈림이요?"

그 말에 깜짝 놀란 원공후가 벌떡 일어나 주위를 둘러보았다.

원공후가 급히 물었다.

"놈들이 공격해온 겁니까?"

우건은 고개를 저었다.

"아니오."

안도의 숨을 내쉰 원공후가 의자에 털썩 주저앉았다.

"휴우, 깜짝 놀랐잖습니까."

우건은 재차 물었다.

"혈림을 아시오?"

"알다마다요. 혈림은 요령(妖鈴), 사인교(死引橋)와 함께 삼대 살수집단 중의 하나였습니다. 문제는 제천회주 조광이 주공을 상대하기 위해 그 세 집단에 전부 청부를 넣었다는 점입니다. 혈림에선 림주(林主) 혈운검(血雲劍)이 참가했더군요."

"그럼 그 혈운검이란 자 역시 넘어왔을 공산이 크겠군."

원공후가 동의한다는 듯 고개를 끄덕였다.

"그렇겠지요. 이곳에 혈림이란 조직이 실제로 존재한다면 아마 혈운검이 직접 만든 조직일 가능성이 가장 높을 겁니다."

삼형제가 내온 음료와 다과를 권하며 원공후가 물었다.

"한데 갑자기 혈림은 왜?"

우건은 현재 상황을 간략히 설명했다.

원공후가 턱수염을 쓰다듬었다.

"흐음, 그 여자가 그런 말을 했단 말입니까?"

"그렇소."

"특무대는 우리보다 아는 정보가 많을 테니까 이번 일에 혈림이 관여했을 가능성이 있다는 그녀의 말은 사실일 겁니다."

우건은 원공후를 뚫어져라 바라보았다.

강렬한 시선을 받은 원공후가 움찔 놀라 몸을 뒤로 젖혔다.

"하, 하실 말이 있으면 어서 하십시오."

"이번 일의 조사가 끝날 때까지 쾌영문에서 사매를 지켜주시오."

우건의 말에 수연과 원공후가 동시에 고개를 돌려 그를 보았다.

수연이 먼저 물었다.

"사형은 그들이 또 수작을 부릴 거라 생각하는 거예요?"

"수작을 부리든, 부리지 않든 사매에겐 당분간 호위가 필요해."

대답한 우건이 원공후에게 물었다.

"내 부탁을 들어주겠소?"

"당, 당연히 들어드려야지요."

"이번 일이 잘 끝나면 한세동의 거처에서 있었던 은원은 모두 잊겠소. 다시 말해 날 주공으로 모실 필요가 없단 소리요."

원공후가 그러지 말라는 듯 손을 저었다.

"이거 영 섭섭합니다. 제가 호위 일을 맡겠다는 건 은원 청산을 위해서가 아니라, 주모님이 마음에 들었기 때문입니다."

우건, 수연 둘 다 원공후의 저 주모란 호칭에 이미 인이 박혀 별로 신경 쓰지 않았다. 그냥 그렇게 부르도록 놔두었다.

다음 날, 수연은 쾌영문도의 호위를 받으며 병원에 출근했다.

병원은 떠들썩했다. 이틀이 지났지만 이미영의 실종사건은 풀릴 기미가 보이지 않았다. 이미영은 흉부외과 신임과장의 회식이 끝난 어제 새벽 1시30분경에 술에 취한 상태로 레스토랑을 나서는 모습 이후, 현재 종적이 묘연한 상황이었다.

이미영의 아버지와 경찰 고위관계자가 동창이라는 진이연의 말을 입증하듯 사복형사와 제복경찰이 병원 안을 돌아다니며 닥치는 대로 진술을 받는 바람에 어수선한 분위기였다.

원공후는 은동철 삼형제 중 한 명과 조를 이루어 수연을 직접 호위했다. 남은 두 명은 근처에 세워둔 차에 대기했다.

원공후의 외모는 아주 특이해 한 번 보면 잊기 힘들었다. 원공후 역시 그 점을 누구보다 잘 알아 사람들 사이에 섞이는 법을 중점적으로 연구했다. 그래서 지금은 주의해서 보지 않을 경우, 그가 있는지 없는지 알아내기 쉽지 않았다.

수연은 근처에 원공후가 있다는 사실을 알았지만 정확히 어디에 있는지는 알아내지 못했다. 그만큼 아주 은밀했다.

수연은 외과가 있는 복도를 지나가다가 김진성과 한차례 마주쳤지만 말없이 간단한 목례만 주고받았다. 수연은 가운에 닿은 맨살에 소름이 올라왔지만 애써 태연한 척 행동했다.

오전 수술을 마친 수연은 휴식시간을 이용해 전문의시험을 준비했다. 시험이 코앞에 다가와 막판 스퍼트가 필요했다.

책에 파묻혀 있던 수연이 고개를 들어 시계를 보았다.

시침이 오후 두 시를 가리키는 중이었다.

"사형은 지금 뭐하고 있을까?"

수연은 잠시 스마트폰을 만지작거렸지만 전화를 걸진 않았다.

그저 다시 책에 고개를 파묻을 뿐이었다.

한편, 집에 있는 우건은 평소대로 움직이는 중이었다.

집안일을 마친 후에 집 근처 공원으로 산책을 나섰다. 그리고 산책을 마친 후에는 커피숍에 들러 에스프레소를 마셨다.

우건의 취미 중 하나가 에스프레소를 마시며 지나가는 사람을 구경하는 일이었는데 오늘은 행인이 그렇게 많지 않았다.

커피 값에 팁을 얹어 계산한 우건은 커피숍을 나와 주위를 둘러보았다. 한겨울 거센 강풍이 헐벗은 가로수에 남아 있는 마지막 낙엽을 떨구었다. 우건은 고개를 들어 낙엽이 날리는 하늘을 보았다. 우중충한 모습이 곧 눈이 내릴 듯했다.

우건의 예상은 빗나가지 않았다.

집을 100여 미터 앞두었을 때였다.

함박눈이 솜뭉치처럼 날리기 시작했다.

속도를 늦춘 우건은 스마트폰을 꺼내 원공후의 번호를 눌렀다.

곧 원공후의 목소리가 들려왔다.

"주공이십니까?"

"그렇소."

"무슨 일이 생겼습니까?"

"아직 조용하오. 그쪽은 어떻소?"

"이곳 역시 조용합니다."

"김진성이란 자는 어떤 것 같았소?"

"별 볼 일 없는 놈이었습니다."

"무공을 익힌 흔적은?"

"없었습니다."

우건은 잠시 생각하다가 다시 물었다.

"그 물건은 가져왔소?"

"예, 애들이 차에 잔뜩 실어뒀을 겁니다."

"내 위치는 언제든 확인이 가능하오?"

"주공의 휴대전화에 추적 장치를 붙여뒀으니까 가능할 겁니다."

원공후에게 몇 가지 지시를 내린 다음, 전화를 끊은 우건은 집으로 걸음을 옮겼다. 수연의원이 있는 삼거리가 보였다.

수연이 자주 들르는 빵집을 막 도는 순간.

등 뒤에서 미세한 인기척이 들렸다.

우건은 고개를 돌렸다.

검은 우산을 쓴 사내가 골목 사이에 서 있었다.

우건의 시선이 사내의 전신을 훑었다.

살기가 없었다. 그리고 무공을 익힌 흔적 역시 보이지 않았다. 그러나 우건은 안심하지 않았다. 살수는 기척을 죽이는 훈련과 무공을 익힌 흔적을 지우는 훈련을 받기 마련이었다.

펑펑 내리는 눈을 원망스런 눈으로 쳐다보던 사내가 코트 목깃을 여민 다음, 우산을 앞세워 삼거리 반대편으로 달렸다.

'아니었나보군.'

안심한 우건이 고개를 다시 앞으로 돌릴 때였다.

빨간 우체통 옆에서 새하얀 광채가 번쩍였다.

우건은 즉시 선령안을 펼침과 동시에 허리를 비틀었다.

새하얀 광채가 함박눈 사이를 가르는 모습이 선명히 보였다.

치이익!

광채가 눈을 가를 때마다 눈이 수증기로 변해 흩어졌다.

우건의 왼쪽 어깨를 스친 섬광이 골목 벽에 박혔다.

유엽비도(柳葉飛刀)였다.

비도에 독이 발라져 있었는지, 스치는 순간 바로 왼쪽 어깨에 감각이 없었다. 그러나 우건은 한세동의 녹화수 독기

와 싸워 이겨낸 적 있었다. 조잡한 독은 단숨에 태워버릴
능력을 갖췄다.

쉭!

독을 태운 우건은 우체통 뒤로 몸을 날렸다.

그러나 암습을 가한 살수는 이미 자리에 없었다.

우건은 기파를 퍼트렸다.

전방 30여 미터 지점에 미세한 기척이 하나 잡혔다. 매
복해 있을 때는 기척을 완벽히 숨길 수 있을지 모르지만 도
망칠 때는 달랐다. 도망칠 때는 기척을 드러낼 수밖에 없었
다.

우건은 비처럼 쏟아지는 눈 속을 헤치며 살수에게 접근
했다.

살수의 기척은 나타났다가 사라지기를 반복했다. 우건은
오감을 끌어올려 살수를 계속 추적했다. 살수는 지붕과 골
목, 그리고 인파 사이를 어지럽게 이동해 추격을 떼어내려
애썼다.

정신없이 쫓다보니 어느새 주변 경관이 휑해지기 시작했
다.

동네 전체가 재개발에 들어간 듯했다. 철거에 들어간 건
물과 골목 밖에 집안 물건을 내놓은 빈집이 한데 뒤섞여 있
었다.

우건은 속도를 늦추며 사라진 기척을 추적했다.

그때, 발에 걸린 녹슨 쇠파이프 하나가 시끄러운 소리를 내며 경사진 골목을 굴러 내려갔다. 쇠파이프가 담벼락에 부딪쳐 튕겨 오르는 순간, 전신주 뒤에서 유엽비도가 날아왔다.

이미 만반의 준비를 갖춘 우건은 바로 유수영풍보를 펼쳐 이를 피했다. 우건의 몸이 뼈 없는 연체동물처럼 흔들리는 순간, 빗살처럼 날아든 유엽비도가 미세한 차이로 빗나갔다.

우건의 시선이 유엽비도가 날아든 방향으로 움직일 때였다.

발밑에서 날카로운 살기가 폭죽처럼 터져 나왔다.

우건은 살기의 정체를 확인할 여유가 없어 바로 비응보로 몸을 솟구쳤다. 공중으로 2미터 이상 날아오른 우건은 고개를 내려 밑을 보았다. 비수 두 자루가 배와 머리 방향으로 날아왔다. 우건은 궁신탄영(弓身彈影)의 수법으로 피했다.

활처럼 휘어졌던 우건의 몸이 펴지는 순간, 공중에서 1미터 옆으로 순식간에 이동해 비수 두 자루를 가까스로 피했다.

그러나 공중에 한 번 뜨면, 그게 사람이든, 물건이든, 깃털이든 언젠가는 바닥으로 다시 떨어지기 마련이었다. 그게 자연의 순리였다. 우건 역시 하찮은 인간 중에 하나일 뿐이라, 도약력을 얻기 위해서는 밑으로 내려가는 수밖에 없었다.

우건의 오른발이 지면에 닿는 순간.

파앗!

지면 아래에서 다시 한 번 살기가 폭죽처럼 쏟아졌다.

우건은 급히 오른발을 접으며 이어타정(鯉魚打艇)수법으로 등부터 바닥으로 떨어져 내렸다. 등이 바닥에 닿는 순간, 반동으로 몸을 다시 세우며 앞으로 1미터 가량을 이동했다.

우건이 있던 자리에 독을 묻힌 비수 두 자루가 샛별처럼 꼬리를 만들며 지나갔다. 우건이 신형을 급히 세웠을 때였다.

파파팟!

마치 우건이 그 자리로 이동할 줄 알았다는 듯 뱀처럼 휘어지는 붉은 연검(軟劍) 세 자루가 요혈을 일제히 찔러왔다.

공격하는 시기와 방향이 워낙 공교로웠던지라, 연검의 검극이 뱀이 똬리를 틀 듯 우건의 사지를 감으며 요혈을 찔렀다.

아니, 찌른 것처럼 보였다.

우건이 제 자리에서 한 바퀴 회전하는 순간, 그의 사지를 감아왔던 연검 세 자루가 주인의 손을 떠나버렸다. 멀리서 암기로 저격하면 본신을 숨길 수 있었다. 그러나 지금처럼 검이나, 칼로 직접 공격해올 때는 본신을 숨기지 못했다.

연검을 잃은 살수 세 명은 즉시 품에서 노란 공을 꺼내 던졌다.

펑펑펑!

독이 섞인 연막탄이 뿌옇게 올라오며 시야를 가렸다.

도주할 생각이었다.

그러나 우건이 지금까지 계속 피하기만 한 이유는 숨어 있는 살수들을 전부 끌어내기 위함이었다. 우건은 절호의 기회를 놓치지 않기 위해 숨을 멈춘 상태에서 선령안을 전 개했다.

연막 속에서 바삐 움직이는 세 개의 동체가 눈에 들어왔 다.

우건은 몸을 날리며 왼손을 뻗었다.

그의 손엔 어느새 살수들이 쓰던 붉은 연검 세 자루가 들려 있었다. 우건은 그중 하나를 살수들이 도망치는 방향으로 던졌다. 섬광처럼 날아간 붉은 연검이 공중에서 폭발했다.

파파팟!

연검이 수십 조각으로 잘려 사방으로 날아갔다.

살수 세 명의 행동이 재빠르긴 했지만 공간 전체를 갈가 리 찢어발기는 연검의 파편 세례를 무사히 빠져나가진 못 했다.

"크아악!"

비명을 지르며 쓰러진 살수들이 뭍에 올라온 물고기처럼 파닥거렸다. 우건은 금선지를 발출해 그들의 숨통을 끊었다.

적을 살려주면 언젠가는 뒤통수를 맞는 법이었다. 물론, 매번 그렇게 할 순 없었다. 상황에 따라 대처방법이 달라지기 마련이었다. 한데 절대 살려주어선 안 되는 부류가 있었다.

바로 살수였다.

살수는 숨이 붙어 있는 한, 반드시 표적을 없애라는 훈련을 받은 자들이었다. 그리고 그들은 그렇게 할 능력이 있었다.

우건은 몸을 돌려 처음 암습 받은 장소로 돌아갔다. 그리고 두 번째 연검을 던졌다. 땅 밑에 숨어 있던 살수가 튀어나왔지만 연검이 폭발할 때 생긴 충격파를 감당하지 못했다.

우건은 선령안을 펼쳐 다른 살수를 찾았다.

네 번째 살수와 다섯 번째 살수가 동시에 잡혔다.

네 번째 살수를 향해 연검을 던진 우건은 다섯 번째 살수를 향해 몸을 날렸다. 네 번째 살수가 유엽비도 10여 개를 동시에 던졌다. 유엽비도 10여 개가 언젠가 텔레비전에서 본 적이 있는 유도탄처럼 우건의 요혈을 집요하게 요격해 왔다.

우건은 섬영보와 비응보를 연달아 펼쳐 유엽비도를 모두 피했다. 그리고 그 순간, 연검이 폭발하며 네 번째 살수를 휘감았다. 온몸에 피 칠한 네 번째 살수가 철퍼덕 쓰러졌다.

네 번째 살수가 자신의 목숨으로 시간을 번 사이, 다섯 번째 살수는 재빨리 은신술을 펼쳐 신형을 감췄다. 그러나 살수가 모르는 점이 있었다. 우건이 대성한 태을문의 선령안은 살수의 은신술을 파훼하는 가장 강력한 수단 중 하나였다.

우건은 희끄무레한 그림자로 변해 모습을 감추는 살수를 보았다. 그러나 바로 공격하진 않았다. 살수는 수연이 좋아하는 동화 헨젤과 그레텔에서 집으로 가는 길을 알려주는 빵조각과 같았다. 물론, 실제 동화에선 새가 빵조각을 쪼아 먹는 바람에 실패하지만 우건에겐 더 확실한 수단이 있었다.

우건은 손톱으로 엄지손가락을 갈라 피를 뽑아냈다. 그리고 그 피를 입에 머금어 도망치는 살수의 등을 향해 뿜어냈다.

한세동의 거처를 찾을 때 사용한 적 있는 혈연추종술이었다.

선령안을 펼치는 순간, 붉은 안개처럼 보이는 흔적이 북쪽 골목으로 이어졌다. 우건은 바로 움직이지 않았다.

어차피 혈연추종술이 만든 흔적은 서너 시간 동안 사라질 일이 없었다.

우건은 스마트폰을 꺼내 기억한 번호 중 하나를 눌렀다.

상대방이 바로 전화를 받았다.

"예, 말씀하십시오."

"어디에 있나?"

"근처입니다."

"이곳에 시체가 몇 구 있네. 처리할 수 있겠나?"

"알겠습니다. 바로 가겠습니다."

잠시 후, 등에 배낭을 짊어진 김은과 김철 두 명이 나타났다.

은동철 삼형제 중 둘째 김동은 현재 원공후와 함께 수연을 호위하는 중이었기 때문에 두 사람이 이번 처리를 맡았다.

두 형제는 온몸에서 피를 흘리며 죽어 있는 살수들의 모습에 잠시 움찔했다. 그들은 다른 사람의 물건을 훔치는 도둑이었다. 끔찍한 모습으로 죽은 시체와 마주할 기회가 없었다.

우건이 이번에 쓴 수법은 천지검의 구명절초 중의 하나인 성구폭작(星球爆炸)이었다. 말 그대로 별이 폭발하듯 검신을 터트려 그 파편으로 자신의 목숨을 구하거나, 강한 적에게 치명상을 입히는 수법이었다. 물론, 위력이 강한 만큼, 내력 소모가 큰 수법이었으나 살수의 수가 적어 문제없었다.

시체와 부러진 검 조각을 격공섭물로 모은 우건이 손짓했다.

"못하겠으면 그걸 이리 주게."

"아, 아닙니다."

형제는 얼른 배낭에 가져온 화골산(化骨散)을 시체에 뿌렸다. 원공후가 이번 일을 위해 급하게 제조한 화골산이기 때문에 강호의 특정 문파들이 사용하는 화골산처럼 강력하지 않았다. 우건은 삼매진화로 잔해를 깨끗이 태워 없앴다.

형제는 그사이 핏자국을 지우거나, 부러진 연검 조각을 수거해 현장을 정리했다. 진이연의 말대로 이곳의 경찰은 실력이 뛰어났다. 작은 단서로 우건을 정확히 찾아내는 실력을 가졌다. 현장을 처리하는 데 주의를 기울일 이유가 충분했다.

현장을 정리한 김은이 물었다.

"저희들은 이제 어떻게 할까요?"

"쾌영문주에게 돌아가 있게."

"저희들의 도움은 이제 필요 없으신 겁니까?"

"지금부턴 다른 사람들이 그 일을 해줄 걸세."

그 말을 남긴 우건은 선령안을 펼쳐 도망친 살수를 추격했다.

살수는 자신이 추적당할 것을 예견한 모양이었다.

혈연추종술이 만든 붉은 안개가 어지럽게 이어져 있었다. 심지어는 같은 장소를 여러 번 반복해 왕복한 흔적까지 있었다.

우건은 살수의 흔적은 쫓아 남쪽으로 내려갔다.

교외로 갈수록 새로운 건물보다 낡은 건물이 더 많았다.

우건의 시선이 연립주택 앞에 있는 쓰레기통으로 향했다. 쓰레기통 안에는 검은색 운동복 상하의와 검은색 모자, 그리고 검은색 운동화가 들어 있었다. 살수가 착용한 복장이었다.

"꽤 용의주도한 놈이군."

살수는 혹시 몰라 착용한 복장을 민가 쓰레기통에 버렸다. 혈림을 세운 혈운검에게 배운 도주수법 중 하나일 터였다.

강호에는 냄새나, 추적향(追跡香)을 이용해 적을 추적하는 방법이 있었다. 만일 상대가 평범한 추적자라면 통할 수 있을지 모르지만 불행히 우건은 평범한 추격자가 아니었다.

우건은 혈연추종술이 남긴 붉은 안개를 따라 계속 움직였다.

민가가 모인 교외의 한적한 마을을 막 지나는 순간, 고속 도로와 국도가 교차하는 교통의 요지가 나타났다. 그리고 그 요지 한가운데 회색빛으로 물든 3층 건물이 하나 서 있었다.

혈연추종술이 남긴 붉은 안개는 그곳으로 이어졌다.

우건은 주변 지형을 둘러보았다. 건물 사방 30미터 안에는 다른 건물이 없었다. 그리고 주변에서 가장 높아 저 멀리 보이는 산에 올라가지 않는 이상에는 염탐할 방법이 없었다.

정찰을 마친 우건은 하늘을 보았다.

새파란 달빛이 어둠에 잠긴 건물 위로 은은한 빛을 뿌려 댔다.

우건은 스마트폰을 꺼내 시간을 확인했다.

새벽 1시30분이었다.

스마트폰을 꺼 주머니에 넣은 우건은 월광보를 펼쳐 건물에 접근했다. 삼미보 중 하나인 월광보는 말 그대로 달빛처럼 스며들게 해주는 보법이었다. 건물 앞에는 10여 명의 살수가 매복해 있었지만 우건의 접근을 전혀 알아채지 못했다.

그러나 살수가 우건의 존재를 알아내지 못하는 것과 건물로 잠입하는 것은 차원이 다른 문제였다. 우건이 닫힌 문을 여는 즉시, 매복해 있는 살수들이 튀어나올 터였다.

그리고 경고를 발해 건물을 죽음의 함정으로 만들어 버릴 터였다.

그건 우건이 원하는 상황이 아니었다.

우건은 건물 뒤에 있는 주차장으로 가보았다. 주차장에는 차량 10여 대가 서 있었다. 우건은 주차한 차에 접근해 보닛을 만져보았다. 따뜻했다. 방금 시동을 껐다는 증거일 것이다.

우건은 기파를 퍼트려 살수를 찾았다. 건물 앞보다는 숫자가 적었지만 어쨌든 대여섯 명이 넘는 살수가 매복해 있었다.

물론, 뒷문 역시 단단히 잠겨 있는 상황이었다.

우건은 돌아 나와 건물 전체를 조망했다.

문과 창문이 모두 닫혀 있었다.

잠입할 곳이 마땅히 보이지 않았다.

그러나 우건은 서두르지 않았다.

기다리다보면 기회가 생길 터였다.

다행히 오래 기다릴 필요는 없었다.

건물로 들어오는 진입로에 헤드라이트 불빛이 반짝였다.

불빛이 건물 뒤를 한차례 훑을 때, 우건은 재빨리 상체를 숙여 피했다. 잠시 후, 불빛이 주차장 안으로 점점 들어왔다.

헤드라이트의 주인공은 중형 세단이었다. 세단은 마치 미끄러지듯 빈자리에 들어가 시동을 껐다. 뒤이어 세단의 차 문 네 개가 동시에 열리더니 검은색 정장에 선글라스를 착용한 사내 네 명이 내렸다. 그들의 도착과 거의 동시에 매복한 살수들이 움직이기 시작했다. 세 명은 여전히 뒷문 주위에 매복해 있었지만 두 명은 밖으로 나와 신형을 드러냈다.

모습을 드러낸 살수 하나가 차에서 내린 사내들 중 한 명에게 깍듯이 인사한 후에 품속에서 무전기를 꺼내 통보했다.

"외총관(外總管)님께서 도착하셨습니다."

살수의 통보가 끝나기 무섭게 뒷문이 스르륵 열렸다.

우건은 지금이 기회임을 직감했다.

즉시, 월광보를 펼쳐 열린 문 안으로 몸을 재빨리 밀어 넣었다.

뒷문으로 걸어가던 외총관이 갑자기 멈춰섰다.

"이곳에는 몇 명을 배치했나?"

무전기를 든 살수가 대답했다.

"저까지 포함해 모두 다섯입니다."

붉은빛이 도는 날카로운 눈으로 주위를 둘러보던 외총관이 고개를 갸웃거렸다. 방금 전에 감지한 바에 따르면 여섯 명이 주차장 근처에 있었다. 한데 살수의 대답은 달랐다.

즉, 원래 있어야 할 숫자보다 한 명이 더 많다는 소리였다.

눈을 감은 외총관은 급히 감각을 끌어올려 주변을 탐색했다.

그러나 그들 일행 외에 다섯 명이 감각에 걸려들었다. 외총관은 자기가 착각한 거라 생각한 듯 다시 뒷문으로 걸어갔다.

한편, 외총관 일행의 도움을 받아 건물에 진입한 우건은 구조를 먼저 살폈다. 지상 3층에 지하 2층을 더해 총 5층으로 이루어져 있었다. 중앙에 승강기가, 양쪽 벽에 계단이 있었다.

조명은 흐릿한 편이었다.

우건에겐 활동하기 편한 환경이었다.

우건은 계단을 이용해 지하 1층으로 내려갔다.

계단이 꺾이는 부분마다 살수가 매복해 있었다. 그러나 우건의 등장을 눈치 챈 살수는 없었다. 그들이 익힌 은신술보다 우건이 익힌 월광보의 위력이 훨씬 뛰어난 덕분이었다.

지하 1층에는 두꺼운 철문으로 막힌 방이 몇 개 있었다. 철문 위에는 밖에서 안의 모습을 볼 수 있도록 창살로 막힌 창문이 있었다. 우건은 창을 통해 안을 둘러보았다. 고문실이었다. 고문에 쓰는 의자와 도구가 어지럽게 널려 있었다.

지하 1층을 다 둘러본 우건은 2층으로 내려갔다. 지하 2층에는 창살에 막힌 감옥이 있었다. 안을 샅샅이 훑었지만 수감자는 보이지 않았다. 우건은 다시 지상 1층으로 올라왔다.

지상 쪽에는 매복해 있는 살수의 숫자가 더 많았다. 우건은 조심하며 2층으로 올라갔다. 2층은 사무실과 숙소로 쓰는 듯했다. 사무실 집기가 가득한 큰 방과 숙소로 쓰는 작은 방이 다닥다닥 붙어 있었다. 2층을 둘러본 우건은 3층으로 올라갔다. 3층은 경계가 삼엄했다. 수뇌가 모여 중요한 회의를 하는 곳인 듯했다. 매복해 있는 살수의 수준이 가장 높았다.

돌파는 가능했다.

그러나 들키지 않을 자신은 없었다.

내력을 잃기 전이면 모르지만 지금은 장담하기가 어려웠다.

우건은 모험을 걸 생각이 없었다.

1층 로비로 내려와 뒷문이 열리길 기다렸다.

운이 매번 좋을 순 없는 노릇이었다. 1시간 넘게 기다린 후에야 밖으로 나가는 살수를 따라 건물을 나오는 데 성공했다.

우건이 주차장을 지나 인도로 들어가려할 때였다. 그가 빠져나오는 데 이용한 살수들이 봉고차에 탑승하기 시작했다.

모두 여섯이었다. 우건은 불길한 느낌이 들어 급히 추격했다.

혈림이 우건을 제거할 목적으로 만든 함정이 실패한 지금, 그들이 할 수 있는 최선의 반격은 결국 수연과 관련 있었다.

우건은 주차장을 나오는 봉고차를 앞질렀다. 도로에 나오기 전이어서 아직 속도가 붙지 않은 상태였다. 우건은 도로 앞을 살펴보았다. 전방 100여 미터 앞에 커브구간이 있었다.

우건은 전력을 다해 달려 커브구간이 내려다보이는 언덕에 도착했다. 조금씩 속도를 높인 봉고차가 커브구간에 진입하기 시작했다. 우건은 지체 없이 도로 위로 몸을 날렸다.

콰앙!

우건은 봉고차 뒤쪽 창문을 부수며 들어갔다.

부서진 유리조각이 비처럼 흩날리는 가운데 뒤에 앉은 살수 두 명이 품속에서 비수를 꺼내드는 모습이 보였다. 우건은 무영무음지를 연속 발출하며 호신강기를 끌어올렸다.

"크윽."

신음이 두 차례 들리더니 비수를 꺼낸 살수 두 명이 그대로 고꾸라졌다. 그들의 미간에는 콩알만 한 구멍이 뚫려 있었다.

우건 역시 무사하지 못했다.

가운데 자리에 앉은 살수 두 명이 유엽비도를 발출했다.

좁은 차 안에서는 피할 공간이 많지 않았다.

치이익!

결국, 유엽비도 하나가 등을 길게 가르며 지나갔다. 호신강기를 끌어올려 등뼈가 잘리진 않았지만 피가 시트를 적셨다.

우건은 몸을 뒤집으며 태을십사수의 초식을 연이어 펼쳤다.

두둑!

왼쪽에 앉은 살수의 목을 광호기경으로 잡아 단숨에 비틀었다. 그리고 바로 가운데 자리로 넘어가 비원휘비를 펼쳤다.

우건을 찔러오던 비수가 비원휘비에 막혀 천장에 박혔다. 우건은 그 틈에 태을십사수의 흑웅시록(黑雄撕鹿)을 펼쳤다.

곰의 발톱처럼 구부린 오른손가락 다섯 개가 살수의 가슴을 스치는 순간, 밭고랑이 갈리듯 옷과 살점이 동시에 떨어져나갔다. 그리고 갈비뼈가 부서지며 내부 장기가 찢어졌다.

순식간에 네 명을 해치운 우건은 고개를 옆으로 틀었다.

조수석의 살수가 찔러온 붉은 연검이 우건이 앉아 있는 좌석의 머리 부분을 관통했다. 살수가 연검을 뽑아내려는 순간, 우건은 앞으로 상체를 급히 숙여 살수의 목을 팔로 감았다.

우두둑!

목을 어깨에서 거의 뽑아내다시피 한 우건은 절명한 살수를 가운데 자리로 끌어당겼다. 그리고 그 반동을 이용해 조수석으로 넘어갔다. 운전하던 살수의 몸이 그대로 얼어붙었다.

우건은 그를 힐끗 보았다.

핸들을 잡은 그의 팔이 사시나무처럼 떨렸다.

피 냄새가 가득한 차 안을 둘러보던 우건이 그에게 물었다.

"살고 싶나?"

살수가 떨리는 목소리로 대답했다.

"그, 그렇습니다."

"그럼 차를 저쪽으로 천천히 몰아라."

살수는 시키는 대로 차를 몰았다.

우건은 그사이, 상처를 지혈하며 암기의 독을 태웠다.

갓길을 따라 100여 미터 들어갔을 때였다.

평소에 농로(農路)로 사용하는 비포장도로가 나왔다.

우건은 도로 옆 눈이 쌓인 밭 가운데 차를 세우게 했다.

살수가 차의 시동을 끄는 순간, 우건은 창문을 내려 주위를 둘러보았다. 인적이 없었다. 하긴 눈이 내리는 한겨울 새벽시간에, 그리고 추수가 끝난 밭에 사람이 있을 리 없었다.

우건은 고개를 돌려 살수를 보았다.

살수는 두 손을 핸들에 올려놓은 상태로 석상처럼 굳어 있었다.

"무기가 있나?"

"있, 있습니다."

"꺼내서 뒷좌석으로 던져라."

살수는 시키는 대로 허리에 찬 암기주머니를 풀어 뒷좌석으로 던졌다. 그리고 발목에 찬 비수 역시 빼서 뒤로 던졌다.

우건은 선령안으로 살수의 행색을 살펴보았다.

다른 무기는 보이지 않았다.

우건은 가운데 의자를 관통한 붉은 연검을 가리키며 물었다.

"연검은 없나?"

"저, 전 최근에 입문해 아직 연검을 받지 못했습니다."

"연검을 받으려면 특별한 자격이 필요한가?"

"시, 시험을 통과해야 하는 걸로 압니다."

고개를 끄덕인 우건은 몸을 돌려 살수를 정면으로 응시했다.

살수는 20대 초반으로 보였는데 생각보다 잘생긴 얼굴이었다.

긴장한 살수는 정면을 보며 몸을 바들바들 떨었다.

우건은 살수의 턱을 잡아 돌렸다.

"너에게는 총 세 번의 기회가 있었다. 첫 번째는 다섯 번째 살수를 없앤 직후였을 거다. 넌 차를 길 옆 낭떠러지로 몰 시간이 충분히 있었다. 하지만 그러지 않았지. 두 번째는 내가 창밖으로 시선을 돌렸을 때였다. 비수나, 암기 중 하나를 꺼내 내 등을 찌를 수 있었는데 넌 그러지 않았지. 그리고 마지막 세 번째는 무기를 꺼내라고 했을 때였다. 그때 역시 나를 기습할 기회가 있었는데 넌 가만히 있더군."

살수의 눈동자가 미친 듯이 흔들렸다.

그런 마음을 먹은 적 있다는 뜻일 것이다.

우건은 살수를 보며 말했다.

"그런 마음을 먹은 건 상관없다. 행동으론 옮기지 않았으니까."

살수가 안도한 듯 긴장을 살짝 풀었다.

우건은 고개를 저었다.

"안심하기엔 아직 일러."

살수가 다시 바짝 긴장했다.

우건은 시선을 앞으로 돌리며 말했다.

"묻는 말에 솔직히 대답해라. 그럼 살 수 있을 거다."

봉고차 뒷좌석에는 살수가 평소에 신처럼 생각하는 선배 살수 다섯 명이 끔찍한 모습으로 죽어 있었다. 깨진 창문으로 피 냄새가 많이 빠져나갔지만 여전히 속이 울렁거렸다.

살수가 마른 침을 꿀꺽 삼켰다.

"제, 제가 아는 것은 다 말씀드리겠습니다."

"이름이 뭔가?"

"이, 이진호(李進湖)입니다."

"소속은?"

"혈림 내당(內堂) 소속입니다."

"혈림의 조직에 대해 말해봐."

"혈림은 내당과 외당(外堂), 호당(護堂)으로 나뉘어 있습니다."

"각 조직이 하는 일은?"

이진호는 긴장이 조금 풀린 듯 지체 없이 대답했다.

"내당은 본타와 분타를 지키는 일을 합니다. 그리고 외당은 청부자에게 청부를 받아 표적을 제거하는 일을 합니다. 마지막으로 호당은 림주님, 아니 림주를 호위하는 곳입니다."

"방금 죽은 놈들은?"

"외당 소속 살수들이었습니다."

"넌 내당 소속이라면서 왜 외당 살수들과 같이 움직이는 건가?"

침을 꿀꺽 삼킨 이진호가 급히 대답했다.

"제가 그쪽 주변 지리를 잘 아는 바람에……."

우건은 말을 자르며 물었다.

"그쪽은 어디를 말하는 건가?"

"영제병원 의사 오수연의 집이라 들었습니다."

이진호는 살수보다 더 살수 같은 이 정체불명의 사내와 그가 방금 전에 말한 오수연이란 여자의 관계를 전혀 모르는 듯했다. 알았으면 저리 태연하게 입에 올리지 못했을 것이다.

우건은 다시 물었다.

"오수연의 집 근처에 거주한 적 있나?"

"예, 1년 전까지 그 근처에 살았습니다."

"혈림엔 어떻게 들어갔나?"

이진호가 얼굴을 푹 숙이며 기어들어가는 음성으로 대답했다.

"친구의 꼬임에 넘어가는 바람에……."

우건은 그가 감상에 젖도록 놔둘 여유가 없었다.

"오수연의 집을 찾아가선 어떻게 할 생각이었지?"

"저에게 일 얘기를 자세히 해주진 않았지만 오늘 낮에 청부를 받은 일이 실패한 것 같았습니다. 그래서 실패를 만회하기 위해 오수연이라는 여자를 인질로 삼으려는 듯했습니다."

잠시 생각을 정리한 우건이 지시했다.

"이제 혈림 본타의 내부구조에 대해 얘기해봐."

이진호는 본타를 지키는 내당 소속이었다.

비록 이제 입문한 지 1년째라 속속들이 알진 못하지만 외부인이 대충 살펴본 것보단 확실히 많은 정보를 지니고 있었다.

우건은 차에서 내리며 물었다.

"휴대전화 있나?"

"잠시만요."

이진호는 봉고차 대시보드에 있는 휴대전화를 꺼내 건넸다.

구형 폴더폰이었다.

아마 다른 사람의 명의를 도용한 대포폰일 터였다.

차 문을 닫은 우건은 폴더를 열어 번호를 찍었다.

통화 연결음이 한동안 이어졌다.

새벽 시간이라 번호의 주인이 이미 잠자리에 든 모양이었다.

다행히 끊어지기 직전, 가까스로 통화에 성공했다.

우건이 입을 떼려는 순간.

짜증이 잔뜩 난 여자의 날카로운 목소리가 먼저 들렸다.

"이 시간에 누구에요?"

"나요."

"나라고 하면 내가 어떻게 알아들어……."

갑자기 말을 멈춘 여자가 목소리를 낮춰 다시 물었다.

"무슨 일이에요?"

"여전히 혈림을 쫓는 중이오?"

"그런데요?"

"본타 위치는 알아냈소?"

"서울 교외에 있다는 것만 알아요."

"내가 부르는 주소로 오시오. 물론, 부하가 많이 필요할 거요."

진이연에게 주소를 불러준 우건은 바로 전화를 끊었다.

8장. 달빛 아래서

우건은 차 문을 열었다.

열린 문틈으로 역한 피 냄새가 훅 풍겨왔다. 우건은 미간을 찌푸리며 시선을 운전석 방향으로 가져갔다. 이진호는 여전히 핸들에 두 손을 올린 자세로 정면을 응시 중이었다.

우건은 이진호를 차 밖으로 끌어내며 물었다.

"혈림에선 시체를 어떻게 처리하지?"

"화, 화골산으로 없앱니다."

"차에 있나?"

"예, 있습니다."

"가져와."

이진호는 시키는 대로 차 뒷문을 열어 화골산을 가져왔다. 그사이, 우건은 차에 들어가 죽은 살수들을 밖으로 옮겼다.

죽은 살수들의 소지품을 챙긴 두 사람은 그 위에 화골산을 뿌려 시체를 없앴다. 혈림이 만든 화골산은 원공후가 급조한 화골산보다 위력이 뛰어나 현장 정리가 순식간에 끝났다.

두 사람은 다시 차에 올라 혈림 본타로 돌아갔다.

지금부턴 시간과의 싸움이었다.

혈림 수뇌부가 수연을 잡으러 간 살수에게 연락하기 전에 진이연의 특무대가 도착해야 기습의 묘가 사는 상황이었다.

우건은 시간을 확인했다.

새벽 3시였다.

고개를 돌려 창밖을 보았다.

은은한 달빛이 어둠에 싸여있는 혈림 본타를 비추는 중이었다.

무료한 우건은 긴장한 모습이 역력한 이진호에게 질문했다.

"혈림에 입문하기 전엔 무슨 일을 했었나?"

"그게 저……."

이진호가 대답을 망설이는 모습을 본 우건이 물었다.

"왜? 다른 사람에게 말하기 힘든 일을 한 건가?"

이진호가 손사래를 쳤다.

"아, 아닙니다. 평범한 학생이었습니다. 간호학교를 졸업한 후에 자격증을 취득해 취업할 자리를 알아보던 중이었습니다."

"그런 사람이 왜 혈림에 들어갔나?"

이진호가 자괴감이 가득한 얼굴로 한숨을 푹 쉬었다.

"다 제가 못난 탓입니다. 혈림에 들어가면 맨날 고급 술집에서 예쁜 여자들이랑 술을 마시며 놀 수 있을 줄 알았습니다."

"들어가 보니 정말 그렇던가?"

이진호가 고개를 저었다.

"아닙니다. 악몽 그 자체였습니다."

그때였다.

드드드!

대시보드 위에 올려놓은 폴더폰이 몸을 부르르 떨었다.

우건은 폴더폰을 집어 통화버튼을 눌렀다.

그 즉시, 진이연의 조금 다급해 보이는 목소리가 들렸다.

"어디에요?"

"도착했소?"

"당신이 말한 건물에서 남쪽으로 1킬로미터 떨어진 곳에 있어요."

"내가 소저가 있는 장소로 길 안내해줄 심부름꾼을 하나 보내겠소. 혈림 본타를 잘 아는 사람이니까 도움을 받아보시오."

통화를 마친 우건은 고개를 돌려 이진호를 보았다.

이진호 역시 이미 통화내용을 들은 터라 바로 물었다.

"저는 그쪽으로 가는 겁니까?"

우건은 대답 대신 다른 사안에 대해 물었다.

"혈림은 배신자를 어떻게 처리하나?"

"배, 배신자요?"

"그래, 배신자."

"끔, 끔찍한 고문을 가한 후에 산 채로 태워 죽인다는 말을……."

우건은 이진호의 말을 끊었다.

"네가 여기서 온전한 몸으로 살아날 수 있는 유일한 길은 그 혈림의 존재를 이 세상에서 깨끗이 지워버리는 방법밖에 없다. 내가 방금 통화한 소저가 그 유일한 길을 너에게 알려줄 적임자니까 그녀를 찾아 아는 정보를 모두 털어놔라."

"알, 알겠습니다."

이진호는 겁을 집어먹은 표정으로 고개를 열심히 끄덕였다.

차에서 내린 우건은 혈림 본타 방향으로 이동했다. 그리고 이진호는 시키는 대로 진이연이 이끄는 특무대를 찾아갔다.

본타 근처에 도착한 우건은 바로 월광보를 펼쳐 신형을 감추었다. 그로부터 30여 분이 흘렀을 때였다. 혈림 본타 방향으로 접근해오는 30여 명의 인기척을 바로 포착할 수 있었다.

진이연이 직접 지휘하는 특무 5팀이었다.

우건은 그중 진이연을 찾아 전음을 보냈다.

-거기서 멈추시오.

급히 주먹을 쥐어 대원들을 멈춘 진이연이 고개를 돌려 우건을 찾았다. 우건을 찾지 못하면 전음을 보낼 방법이 없었다.

우건은 살짝 신형을 드러내 진이연이 그를 찾게 도와주었다.

진이연이 바로 전음을 보냈다.

-혈림 본타를 어떻게 찾아냈죠? 그사이 무슨 일이 있었나요?

그녀의 의문은 당연했다. 혈림을 살짝 언급했을 뿐인데 불과 며칠 후에 본타를 찾았다며 그녀에게 연락해온 상황이었다.

우건은 고개를 저었다.

-그건 중요한 게 아니오.

-그럼 뭐가 중요한가요?

전음을 보내는 진이연의 음성에서 짜증이 약간 묻어나왔다.

그러나 우건은 개의치 않았다.

-내가 보낸 사람은 만나보았소?

-만났어요.

-원하는 정보를 얻었소?

-얻었어요.

-좋소. 내가 먼저 돌파해서 근처에 매복한 살수들의 위치를 드러나게 만들겠소. 소저는 부하들과 함께 그들을 치시오.

잠시 생각한 진이연이 다시 물었다.

-왜 우릴 도와주는 거죠?

-당신들을 도와주기 위해 이러는 게 아니오.

-그럼 무슨 목적으로 이런 일을 하는 거죠?

-부채를 갚는 중이랄까.

-누구에게 빚을 졌다는 거예요? 특무대에게?

-특무대는 아니오.

진이연은 끈질겼다.

-그럼 대체 누구에게 빚을 졌다는 거예요?

-난 이곳에 있는 모든 사람에게 빚을 졌소.

대답한 우건은 월광보를 펼쳐 건물 주차장 안으로 잠입했다.

혈림을 없애려는 가장 큰 이유는 당연히 수연에게 흑심을 품은 김진성이 혈림에 청부해 그를 없애려했기 때문이었다.

그러나 솔직히 말하면 그 이유가 전부는 아니었다.

우건이 조광이 만든 함정에 빠졌을 때 태을양의미진진에 구멍을 내지 않았으면 한세동이나, 혈운검 같은 악인이 넘어와 사람들에게 해악을 끼치는 일은 일어나지 않았을 것이다.

물론, 의도한 결과는 아니지만 결자해지라는 말처럼 그로 인해 생긴 문제라면 자신이 푸는 것이 맞다는 생각이 들었다.

주차장 안에 도착한 우건은 선령안을 펼쳐 살수들의 위치를 파악했다. 곧 살수 몇 명이 선령안에 걸려들었다. 그러나 매복한 살수 전원을 찾아내진 못했다. 선령안이 뛰어난 안공임은 맞지만 엄폐물 뒤에 매복한 적을 찾아주진 못했다.

선령안으로 찾을 수 없다면 방법은 하나였다.

직접 뛰어들어 살수들이 몸을 드러내게 하는 수밖에 없었다.

천지조화인심공을 운기한 우건은 섬영보를 펼치며 신형을 잠깐 드러냈다. 그 순간, 날카로운 경기가 사방에서 폭사했다. 유엽비도와 비침, 비수 등이 자석에 이끌리듯 날아들었다.

우건은 비응보를 펼쳐 암기를 피하며 살수들에게 빼앗은 유엽비도 열 자루를 재빨리 던져 반격했다. 부챗살처럼 퍼져 날아간 유엽비도 일부가 살수의 몸을 관통하며 피를 뿌렸다.

삐이익!

적의 침입을 알리는 사이렌이 울렸다.

그 즉시, 건물 앞에 매복한 살수들이 뒷문으로 달려와 합세했다. 우건은 비응보와 섬영보를 연달아 펼쳐 살수들의 추격을 떼어냈다. 앞이 막힌 경우에는 유수영풍보를 전개했다.

마지막 살수까지 끌어낸 우건은 고개를 돌려 진이연을 보았다.

진이연은 지체 없이 부하들에게 공격을 지시했다. 그리고 자신 역시 부하들 틈에 섞여 건물 주차장으로 몸을 날렸다.

살수들의 무서운 점은 그들이 펼치는 은신술에 있었다. 살수의 존재를 눈치 채지 못하면 부지불식간에 목이 달아났다.

그러나 지금처럼 신형이 드러난 상황에선 오히려 평범한 무공을 익힌 무인보다 약한 모습을 드러내는 경우가 많았다.

특무 5팀의 기습에 살수들은 정신을 차리지 못했다. 우건은 혼자였지만 특무 5팀은 거의 30명에 육박했다. 우건을 공격하던 살수들이 숫자가 더 많은 특무대 앞으로 달려갔다.

우건은 그 틈에 월광보를 펼쳐 신형을 다시 감추었다.

열려 있는 뒷문을 통해 본타 안으로 들어가며 뒤를 돌아보았다.

살수와 특무 5팀의 대결은 막 절정을 향해 치닫는 중이었다. 지금은 비록 양측의 전력이 균형을 이루는 상황처럼 보일지 모르지만 머지않아 특무 5팀이 승기를 잡을 게 분명했다.

우건의 시선이 살수 서너 명을 동시에 상대하는 진이연에게 향했다. 그녀의 은사탈명비도술은 전에 보았을 때보다 매서워져 있었다. 비도를 던지면 어김없이 붉은 피가 튀었다.

그때였다.

살수 하나가 붉은 연검을 곧추 세워 진이연의 아랫배를 찔러갔다. 속도와 기세가 날카로워 꽤 위험해 보이는 상황이었다.

걸음을 멈춘 우건은 품속에 있는 유엽비도를 꺼냈다.

여차하면 발출해 그녀를 도울 생각이었다.

연검은 상대하기 쉽지 않은 기문병기(奇門兵器)였다. 그녀의 실전경험이 일천하다면 의외로 쉽게 당할 위험이 있었다. 그녀는 일을 마치기 전까지 살아남아 5팀을 지휘해야했다.

휘익!

진이연의 복부를 찔러간 붉은 연검이 뱀의 혀처럼 휘어
지더니 갑자기 방향을 바꾸어 그녀의 심장을 매섭게 찔러
갔다.

상대의 허를 찌르는 변초였다.

'이런.'

우건이 유엽비도를 발출하려는 순간, 진이연의 몸이 팽
이처럼 핑그르르 돌았다. 단순히 돌기만 한 것이 아니었다.
진이연은 몸이 회전하는 힘을 이용해 물체를 끌어당기는
인력(引力)을 만들었다. 그리고 그 인력으로 심장을 찔러오
던 살수의 붉은 연검을 옆으로 빗나가게 만드는 데 성공했
다.

살수의 기습을 막아낸 진이연은 바로 반격에 나섰다. 비도
에 달린 은사가 춤추듯 날아가 방금 기습을 가한 살수의 목
을 한차례 휘감았다. 진이연은 지체 없이 고기를 낚는 낚시
꾼처럼 은사를 끌어당겨 살수의 수급을 몸통에서 떼어냈다.

전에 보았을 때보다 한두 단계 더 성장한 모습이었다.

마음을 놓은 우건은 뒷문을 통해 1층 로비로 들어갔다.

로비와 지하 1, 2층을 지키던 살수들은 이미 특무 5팀을
상대하기 위해 자리를 비운 상황이었다. 우건은 무인지경
으로 변한 1층을 통과해 2층으로 올라갔다. 2층 역시 조용
했다.

그러나 단지 조용할 뿐이었다.

2층은 1층과 달리 무인지경이 아니었다.

천장과 책상 뒤, 그리고 벽에 살수 대여섯 명이 숨어 있었다.

우건은 지체 없이 신형을 드러냈다.

쉬익!

날카로운 소음이 귀청을 울리는 순간, 천장에 매복한 살수가 모습을 드러내며 붉은 연검으로 우건의 상체를 찔러왔다.

2층을 지키는 살수들은 1층을 지키는 살수에 비해 고수였다.

연검의 검봉이 흔들린다싶은 순간, 상체 요혈 대여섯 개가 바늘로 찌르는 것처럼 따끔거렸다. 그러나 살수의 매복 사실을 간파한 우건은 유수영풍보를 펼쳐 기습을 가볍게 피했다.

연검의 검봉이 아슬아슬한 차이로 빗나갔다.

그러나 살수의 기습은 거기서 끝나지 않았다.

독사가 대가리를 들어 올릴 때처럼 빗나간 줄 알았던 검봉이 위로 획 들리더니 우건의 옆구리에 있는 요혈을 찔러왔다.

우건은 옆으로 1미터 가량을 이동해 연검의 공격을 피했다. 허깨비처럼 사라진 신형이 1미터 옆에서 나타난 듯했다.

신법의 지고한 경지 중 하나인 이형환위(移形換位)였다.

살수는 붉은 연검이 우건을 찌르는 데 성공한 줄 알았지만 그가 찌른 것은 잔상에 불과했다. 그사이, 우건은 유엽비도 네 개를 꺼내 사방에 뿌렸다. 하얀 섬광 네 개가 장내를 가르는 순간, 남은 살수 네 명이 일제히 공중으로 솟구쳤다.

물론, 하얀 섬광의 정체는 우건이 뿌린 유엽비도였다.

살수들은 은신한 지점을 정확히 파악한 우건의 안력에 놀라움을 금치 못했다. 그러나 여전히 1대5의 싸움이었다. 자신들의 숫자가 더 많다는 사실에 다들 자신감을 한껏 드러냈다.

유엽비도를 피해 공중으로 날아오른 살수 네 명은 먼저 붉은 연검을 찔러왔다. 그리고 우건에게 연거푸 공격을 펼쳤다가 실패한 살수 역시 반대 방향에서 붉은 연검을 찔러왔다.

쉬이익!

붉은 뱀 다섯 마리가 동시에 달려드는 듯했다.

우건은 한 바퀴 회전하며 살수에게 빼앗은 붉은 연검을 다섯 번 연속 찔러갔다. 붉은 검광 다섯 가닥이 부챗살처럼 퍼져 나갔다. 천지검의 선도선무(仙跳扇舞)라는 초식이었다.

타타타타탕!

귀청을 찢는 쇳소리가 다섯 번 연속 울리는 순간, 붉은 연검 다섯 자루가 살수들의 손을 벗어나 사방에 날아가 박혔다.

벽과 바닥, 책상에 박힌 붉은 연검 다섯 자루가 연체동물처럼 하늘거렸는데, 마치 악마가 유혹하는 듯해 소름이 돋았다.

무기를 잃은 살수들은 찢어진 손아귀를 지혈할 여유가 없었다. 본능적으로 허리에 매단 암기주머니에 손을 뻗어 갔다.

그러나 우건의 행동이 살짝 더 빨랐다. 살수들의 손에 유엽비도와 비수, 비침(飛針) 등이 잡히는 순간, 우건이 이번에는 반대편으로 회전하며 붉은 연검을 다섯 번 연속 찔러 갔다.

쉬익!

붉은 검광 다섯 가닥이 장내를 다시 한 번 갈랐다.

뒤이어 살수 다섯 명이 꽃잎이 벌어지듯 사방으로 날아갔다.

살수들의 상태는 참혹했다.

배가 잘린 살수부터 목이 반 이상 잘려나간 살수까지.

사무용품과 집기로 가득한 2층에 붉은 물감을 뿌린 듯했다.

선도선무를 연이어 펼쳐 살수 다섯 명을 검하고혼(劍下
孤魂)으로 만들었지만 우건은 안심하지 않았다. 2층에는
우건이 미처 파악하지 못한 아주 미약한 살기가 하나 더 있
었다.

선도선무는 내력이 많이 필요한 절기였다.

우건은 들끓는 내기를 가라앉히며 기파를 퍼트렸다. 거
미줄처럼 퍼져가던 기파가 어느 순간, 장애물을 만나 흔들
렸다.

우건은 바로 철판교의 수법을 써서 허리를 젖혔다.

쉭!

등이 바닥에 거의 닿으려는 찰나, 눈앞으로 새빨간 검광
이 빗살처럼 지나갔다. 강기로 보호한 얼굴이 불에 타는 듯
했다.

획!

우건은 상체를 다시 세우며 옆으로 몸을 비틀었다. 두
번째 검광이 허리 옆을 스치듯이 지나갔다. 강기를 미처
끌어올릴 새가 없어 잘린 옷자락과 핏물이 한데 엉켜 떨어
졌다.

옆으로 지나간 검광이 다시 우건의 가슴을 향해 쏘아져
왔다.

그야말로 숨 돌릴 틈을 주지 않는 연환공격이었다.

이번에는 피할 시간이 없었다.

붉은 검광이 우건의 가슴에 적중하려는 찰나.

위잉!

우건의 허리춤에서 붉은 검광이 섬광처럼 피어올라와 적이 찔러온 붉은 검광을 정확히 요격해냈다. 쾅하는 폭음이 울리더니 적이 찌른 붉은 검광은 순식간에 자취를 감추었다.

장내를 뒤덮은 붉은 검광이 사라진 직후, 검은색 양복에 검은색 선글라스를 쓴 건장한 사내가 비틀거리며 물러서는 모습이 보였다. 그는 바로 혈림의 청부를 책임지는 외총관이었다.

붉은 연검을 떨어트린 외총관이 자기 가슴을 내려다보았다.

검은색 넥타이가 먼저 두 조각으로 잘려 떨어졌다. 뒤이어 하얀 드레스셔츠에 붉은 점이 생겼다. 점은 순식간에 커다란 구멍으로 변하더니 그 구멍 속에서 피가 솟구쳐 나왔다.

외총관이 고개를 들어 우건을 보았다.

"혈, 혈광삼식(血光三式)을 쾌검으로 막아낼 수 있는 사ᅵ이 있을 줄이야. 넌, 넌 대체 정체가 뭐지? 대체 누구기……."

말을 끝맺지 못한 외총관이 술에 취한 사람처럼 비틀거ᅵ가 쿵하는 소리를 내며 쓰러졌다. 죽은 외총관을 바라보던 우건은 계단을 통해 3층으로 올라갔다. 몇 시간 전에 와본 곳이지만 그때는 경계가 삼엄해 올라갈 엄두가 나지 않았다.

3층은 여러 개의 방으로 이루어져 있었다.

그러나 인기척은 중앙에 있는 가장 큰 방에만 있었다.

우건은 붉은 연검으로 문을 자르며 안으로 뛰어들었다.

가장 먼저 검은색 정장을 입은 중년 사내의 모습이 보였다.

우건의 시선이 중년 사내의 뒤로 향했다.

안에는 출구가 따로 있었는데 그곳으로 몇 명이 막 신형을 날리는 중이었다. 확실치는 않지만 그중에 혈운검이 있는 듯했다. 우건은 혈운검을 쫓기 위해 곧장 섬영보를 펼쳤다.

우건의 신형이 빨랫줄처럼 늘어지는 순간, 이미 몸은 출구 앞에 다다라 있었다. 백발의 노인 한 명과 젊은 사내 대여섯 명이 한데 뭉쳐 건물 밑으로 몸을 날리는 모습이 보였다.

'혈운검이군.'

우건이 혈운검을 쫓으려는 순간, 뒤에서 날카로운 경풍이 쏟아졌다. 우건은 즉시 몸을 돌리며 수중의 연검을 찔러 갔다.

탕!

붉은 연검 두 자루가 서로 부딪치며 맑은 쇳소리가 울렸다.

손목이 시큰해진 우건은 미간을 찌푸리며 몸을 완전히 돌렸다.

그를 붙잡은 중년사내는 한두 수에 처리할 상대가 아니었다.

중년사내가 굳은 얼굴로 물었다.

"그 여의사와 동거한다는 놈인가?"

"넌 네 할 일을 해. 난 내 할 일을 할 테니까."

말을 마친 우건은 생역광음의 쾌검식으로 사내를 찔러갔다.

붉은 섬광이 번쩍하는 순간, 사내의 오른쪽 어깨가 찢어지며 핏물이 튀어 올랐다. 그러나 그게 다였다. 비록 전력을 다한 생역광음은 아니라지만 천지검의 쾌검식을 피한 것이다.

우건은 연검을 회수하며 물었다.

"혈림에서 무슨 일을 맡고 있나?"

"내당을 지휘하는 내총관(內總管)이다."

"과연."

고개를 끄덕인 우건은 붉은 연검을 고쳐 잡아 다시 생역광음을 펼쳤다. 붉은 섬광이 또 한 번 장내를 갈랐다. 내총관은 가까스로 피했으나 왼 팔뚝 절반이 잘려나가는 부상을 입었다. 그러나 오른손잡이인 덕분에 바로 반격이 가능했다.

붉은 연검의 검봉에서 핏빛처럼 붉은 광채가 번쩍였다.

우건은 섬영보를 펼쳐 물러섰다.

"차앗!"

내총관은 기다렸다는 듯 따라붙으며 붉은 연검을 찔러넣었다.

위잉!

붉은 연검이 갓 잡은 물고기처럼 파닥거릴 때마다 붉은 연기가 피어올라 우건을 에워쌌다. 혈림 림주 혈운검의 독문무공 혈운구식(血雲九式)이었다. 혈운구식은 원래 전반부, 중반부, 후반부로 이루어져 있었다. 2층에서 생역광음에 죽은 외총관이 펼친 혈광삼식은 그중 전반부에 해당했다. 반면, 내총관은 중반부에 해당하는 혈연삼식(血煙三式)을 펼쳤다.

섬영보로 물러선 우건은 꼬리를 물며 이어지는 혈연삼식의 공세를 피해 날아올랐다. 내총관은 기다렸다는 듯 쫓아올라오며 붉은 연검을 어지럽게 흔들었다. 검봉에서 쏟아져 나온 붉은 연기가 화살처럼 변해 우건의 전신 요혈을 찔렀다.

우건은 시간을 오래 끌 수 없는 형편이었다.

공중에서 몸을 뒤집은 우건은 천지검의 일검단해를 펼쳤다.

붉은 검광이 빨랫줄처럼 뻗어 나와 내총관이 펼친 혈운 삼식을 단숨에 박살냈다. 충격을 받은 내총관이 움찔하며 물러설 때였다. 우건은 지상으로 내려가며 유성추월을 전개했다.

파파파팟!

붉은 검광 10여 가닥이 유성처럼 지상으로 낙하했다.

내총관은 그가 아는 모든 절초를 동원해 유성추월에 맞섰다.

캉캉캉캉!

붉은 연검 두 자루가 서로 부딪치며 불꽃이 튀었다.

그때였다.

우건은 연검을 놓았다.

우건의 손을 빠져나온 연검은 자석에 이끌리듯 내총관을 향해 쏘아져갔다. 천지검의 구명절초 중 하나인 비검만리였다.

"빌어먹을!"

욕을 뱉은 내총관은 신법을 펼쳐 좌측으로 크게 돌았다.

그러나 비검만리는 그리 만만한 초식이 아니었다.

내총관이 발을 급히 뻗으려는 순간.

푹!

섬광처럼 날아간 연검이 내총관의 옆구리에 틀어박혔다.

보통 검이라면 검에 실린 힘으로 인해 내장이 상하는 선에서 그치겠지만 그의 옆구리에 박힌 검은 보통 검이 아니었다.

바로 검신이 제멋대로 움직이는 연검이었다.

연검이 비틀리며 내총관의 내장을 찢어발겼다.

"크악!"

극심한 고통에 비명을 지른 내총관이 검을 쥔 오른손으로 옆구리에 박힌 연검을 뽑아내려할 때였다. 붉은 연검에 금이 가기 시작했다. 내총관의 얼굴이 핼쑥해졌다. 손을 멈춘 내총관이 고개를 들었다. 그러나 우건은 이미 사라진 후였다.

"제길."

내총관이 중얼거릴 때, 옆구리에 박힌 연검이 폭발했다.

내총관의 옆구리가 터져나가며 살과 내장조각이 사방으로 비산했다. 몸 3분의 1이 날아간 내총관은 잠시 그 상태로 서 있다가 출구에서 불어온 강풍에 밀려 뒤로 획 넘어갔다.

한편, 출구를 빠져나온 우건은 곧장 섬영보를 펼쳐 혈운검의 흔적을 좇았다. 우건의 몸 상태는 사실 별로 좋지 않았다.

우건은 내력을 많이 소모하는 비검만리와 성구폭작을 연달아 쓰는 바람에 현재 단전어림이 약간 뻐근해진 상태였다.

속에서 올라오는 탁기를 억지로 가라앉힌 우건은 축지성촌(縮地成寸)에 버금가는 속도로 혈운검 일행의 뒤를 추적했다.

선령안을 펼치는 순간, 혈운검 일행의 흔적이 드러났다. 그들은 본타 뒤에 있는 작은 야산으로 도주한 상태였다. 우건은 지체 없이 야산에 들어가 혈운검 일행의 흔적을 추적했다.

눈이 내린 날의 새벽 산은 절경이 따로 없었다.

눈이 쌓인 고적한 산을 푸르스름한 달빛이 비추는 가운데 동쪽에서는 붉은 여명이 서서히 터오는 중이었다. 붉은 여명과 흰 눈, 그리고 검은 어둠과 푸른 달빛이 뒤엉켜 있었다.

주변 환경은 도주하는 자들보다 추적하는 우건에게 더 유리한 상황이었다. 답설무흔(踏雪無痕)을 펼치는 경지에 이르지 못한 이상, 어떤 식으로든 흔적을 남기기 마련이었다. 우건은 흔적을 쫓아 혈운검 일행과의 거리를 빠르게 좁혔다.

더욱이 우건은 흔적이 남을까봐 걱정할 이유가 없었다. 적들은 흔적을 없애기 위해 전력으로 경신법을 펼치지 못하지만 그는 오히려 특무대에게 흔적을 남겨야하는 상황이었다.

전력으로 신법을 펼치던 우건은 몸을 날려 위로 솟구쳤다.

눈 속에 매복한 살수가 유엽비도를 던지며 그 앞을 막았다.

탕!

나무를 걷어찬 우건은 그 반동을 이용해 방향을 홱 바꾸었다.

눈이 후드득 쏟아지며 시야를 가렸다.

살수가 오감을 끌어올려 우건을 찾을 때였다.

파앗!

우건이 주렴처럼 쏟아지는 눈발 속에서 튀어나왔다.

두둑!

광호기경으로 살수의 목을 잡아 분지른 우건은 그가 가진 붉은 연검과 유엽비도를 챙겨 다시 혈운검 일행을 추격했다.

혈림 호당 소속으로 보이는 살수들이 세 차례에 걸쳐 기습을 감행했으나 우건의 선령안을 뚫지 못했다. 원공후의 은신술이 우건에게 전혀 통하지 않았듯 그들의 은신술 또한 우건에게 전혀 통하지 않았다. 그저 시간을 버는 용도였다.

도시 근처에 있는 야산의 규모야 뻔했다.

눈이 쌓인 숲을 3, 4분 달렸을 무렵.

도시의 불빛이 눈을 찌르기 시작했다.

아침이 멀지 않은 듯 불이 켜진 집과 상가가 제법 눈에 띄었다.

혈운검이 만약 저 불빛 속으로 숨어들었다면 추적할 방법이 없었다. 곧 날이 밝을 터였다. 그리고 사람들이 활동할 터였다. 그런 상황에서 혈운검과 대결하는 것은 9시 뉴스에 나올 만한 일이었다. 결코 우건이 원하는 상황이 아니었다.

발길을 돌리려던 우건은 불길한 느낌이 엄습하는 것을 느꼈다.

그의 예감은 적중률이 꽤 높은 편이었다.

우건이 급히 호신강기를 끌어올리는 순간.

좌측 위 허공에서 붉은 섬광이 번쩍였다.

콰앙!

우건은 머리가 윙윙 울리는 것을 느끼며 뒤로 날아갔다. 순간적으로 의식을 잃을 정도의 충격이었다. 급히 정신을 차리며 방어 자세를 취하려 할 때였다. 붉은 섬광이 이번에는 반대 방향에서 날아왔다. 우건은 다시 호신강기를 끌어올렸다.

붉은 섬광이 호신강기 위에 떨어졌다.

콰앙!

폭음이 울림과 동시에 우건은 눈이 쌓인 야산을 10여 미터가량 날아가 쓰러졌다. 바닥에 떨어진 우건은 눈을 파도처럼 가르며 다시 5미터를 더 미끄러진 후에야 멈출 수 있었다.

우건이 사방을 경계하며 들끓는 기혈을 진정시켰다.

발바닥이 차가워지는 기분을 느꼈다.

우건은 재빨리 금리도천파의 수법으로 그곳을 벗어났다.

그 순간, 붉은 섬광 수십 개가 눈 속에서 차례대로 솟구치더니 금리도천파로 도망치는 우건의 뒤를 집요하게 추적했다.

콰콰콰콰쾅!

붉은 섬광이 솟구칠 때마다 근처에 있는 나무가 통째로 잘렸다. 그리고 돌과 흙, 눈이 포탄이 떨어질 때처럼 비산했다.

삽시간에 주변 10여 미터가 폐허로 변했다.

우건이 도망치는 속도보다 붉은 섬광의 추격속도가 더 빨랐다.

펑!

결국, 붉은 섬광에 가슴을 맞은 우건이 피를 뿌리며 날아갔다. 몸을 보호하는 호신강기가 깨진 듯 가슴에 핏자국이 흥건했다. 끈 떨어진 연처럼 10여 미터를 날아가던 우건은 굵은 소나무에 부딪친 후에야 바닥으로 떨어질 수 있었다.

그때였다.

혈운구식의 전반부 삼초식인 혈광삼식을 연속해 펼쳐 우건을 거의 빈사상태까지 몰고 간 장본인이 모습을 드러냈다.

한 손에 요사스러운 기운을 뿌리는 붉은 연검을 쥔 그는 백발이 성성한 노인이었다. 들창코에 메기입술, 그리고 선명한 곰보자국으로 인해 그리 매력적인 외모는 아니었다. 그러나 피가 뚝뚝 떨어지는 듯한 붉은 안광과 몸에 흐르는 날카로운 살기로 인해 경시하기 힘든 위압감을 뿜어내고 있었다.

그가 바로 혈림 림주 혈운검이었다.

혈운검은 사천, 섬서, 감숙 등지에서 악명을 떨친 혈림의 삼대 림주였다. 한세동과 마찬가지로 태을양의미진진에 갇히는 바람에 이곳에 넘어왔는데 초기에는 한국과 중국을 오가며 거대 조직의 암살단원으로 활동했다. 그리고 무공을 회복한 후에는 각고의 노력으로 혈림을 재건하는 데 성공했다.

승승장구하던 그가 처음으로 벽에 부딪친 것은 얼마 전의 일이었다. 평소 자주 거래를 해오던 영제의료원 후계자 김진성으로부터 어떤 사내 하나를 조사해달라는 부탁을 받았다.

어렵지 않은 일이라, 부탁을 받아들였다. 한데 생각지 못한 일이 일어났다. 상대가 무공을 익힌 고수였던 것이다. 혈운검은 그자를 감시한 부하들이 고성능 망원렌즈로 찍은 사진을 처음 보았을 때 소스라치게 놀라 비명을 지를 뻔했다.

사진이 선명하진 않았다.

그러나 전혀 알아보지 못할 정도는 아니었다.

그는 다름 아닌 태을문의 해동살귀 우건이었다.

태을양의미진진에 갇혀 있을 때, 혈운검은 우건이 싸우는 모습을 가까이서 지켜보았다. 그때의 기억이 악몽으로 남을 만큼, 너무나 강렬한 경험이었기 때문에 혈운검은 바로 부하들을 철수시켰다. 그리고 해동살귀에 대한 관심을 끊었다.

한데 빌어먹을 부하들이 사고를 쳐버렸다.

그 몰래 30억짜리 청부를 받아 해동살귀를 건드려버린 것이다.

혈운검은 당장 청부를 받은 외총관을 때려죽이려 했지만, 내총관 등이 극구 말리는 통에 간신히 참았다. 지금은 외총관을 때려죽이는 일보다 해동살귀를 막는 일이 더 시급했다.

혈운검은 해동살귀와 동거하는 여의사를 납치해 협상을 시도할 계획을 세웠다. 한데 여의사를 잡아오라 보낸 놈들과 연락이 끊어지기 무섭게 해동살귀가 직접 본타로 쳐들어왔다.

더구나 해동살귀는 혼자가 아니었다.

이유는 모르겠지만 특무대로 보이는 놈들과 한패였다.

혈운검은 갈팡질팡했다. 이는 잔인한 손속과 냉정한

판단으로 부하들을 통솔하던 혈운검의 평소 모습과 어울리지 않는 모습이었다. 그만큼 해동살귀는 그에게 두려운 존재였다.

그때, 외총관이 해동살귀에게 당했다는 호당의 급보가 들어왔다. 혈운검은 결국 가장 신임하는 내총관을 남겨 시간을 끌게 했다. 그리고 자신은 호당의 호위를 받으며 도주했다.

해동살귀는 지독하기 짝이 없었다.

기어코 내총관까지 없애더니 그의 뒤를 쫓아오기 시작했다.

혈운검은 호당 살수를 보내 시간을 끌었다.

그러나 그 역시 해동살귀를 완전히 떼어내는 데는 실패했다.

다급해진 혈운검은 무영은둔(無影隱遁)을 펼쳐 숨었다.

무영은둔은 부하들이 익힌 귀무신법(歸無身法)보다 몇 단계 뛰어난 은신술이었다. 부하들에게 무영은둔을 가르치지 않은 이유는 그들이 혹시 배신할지 모른다는 생각에서였다.

상황이 이렇게 흘러가자 차라리 부하들에게 무영은둔을 가르칠 걸 하는 후회가 들었지만 돌이키기엔 이미 너무 늦었다.

조마조마한 심정으로 우건의 행동을 지켜볼 때였다.

그의 10미터 앞에 이르렀음에도 우건은 그를 전혀 알아보지 못했다. 혈운검은 혹시 하는 생각에 거리를 더 좁혀보았다.

거리를 7미터, 5미터, 3미터로 좁혀갔다.

한데 해동살귀는 여전히 그를 전혀 알아보지 못했다.

혈운검은 그제야 해동살귀가 자신처럼 태을양의미진진에 내력이 다 빨린 바람에 정상적인 상태가 아님을 눈치 챘다.

예전의 그였으면 10미터가 아니라, 20미터 밖에서도 알아챘을 것이다. 이에 자신감을 얻은 혈운검은 60년 가까이 익혀 이젠 거의 숨을 쉬듯 펼칠 수 있는 혈광삼식으로 기습을 가했다. 그리고 결과는 대성공이었다. 해동살귀는 일식과 이식을 피했지만 삼식에는 결국 가슴을 얻어맞고 말았다.

혈운검은 혹시 하는 생각에 무영은둔을 다시 펼쳤다.

그의 입에서 뿌연 안개가 뿜어져 나오는 순간, 보호색으로 몸을 위장하는 카멜레온처럼 주변 풍경 속으로 스며들었다.

혈운검의 기우는 기우로 끝나지 않았다.

해동살귀가 근처의 나뭇가지를 지팡이삼아 일어서기 시작했다.

해동살귀는 중상을 입은 것은 확실했다.

가슴에는 혈광삼식에 당해 생긴 시뻘건 혈흔이 나 있었다. 그리고 각혈한 듯 입과 턱에는 더러운 피가 엉겨 붙어 있었다.

눈빛 역시 처음 보았을 때보다 혼탁해져 있었다.

혈운검은 혈운구식의 후반부 삼초식에 해당하는 혈운삼식(血雲三式)을 준비하기 시작했다. 이 혈운삼식이라면 저 지긋지긋한 해동살귀를 황천에 보내줄 수 있을 거라 확신했다.

몸 상태는 아주 좋았다.

독문 심법을 운기하는 순간, 음유한 내력 한 줄기가 그의 애병인 혈심검(血心劍)으로 스며들어갔다. 호흡을 가다듬은 혈운검은 혈운삼식을 펼치기 가장 적당한 거리인 5미터까지 접근했다. 해동살귀는 눈을 반쯤 감은 채 그의 위치를 찾기 위해 애쓰는 중이었다. 혈운검은 슬며시 웃음이 나왔다.

기분이 좋을 때 나오는 웃음이 아니었다.

좀 더 정확히 말하면 어이없을 때 나오는 헛웃음에 가까웠다.

저런 놈 때문에 그렇게 안절부절못했다는 게 어이가 없었다.

5미터 거리에 멈춘 혈운검은 적당한 때가 오기를 기다렸다. 참을성은 살수에게 있어 가장 중요한 덕목 중 하나였다.

성격이 급한 놈은 청부를 실패할 뿐 아니라, 자기 자신의 목숨마저 해치곤 한다. 다행히 혈운검은 참을성이 뛰어난 살수였다. 그렇지 않았으면 지금까지 살아남지 못했을 것이다.

혈운검이 직접 적을 상대하는 것은 거의 10년만이었다.

그는 먹잇감을 마주할 때마다 기묘한 쾌감을 느꼈다.

지금 역시 마찬가지였다.

목표물의 생사를 결정짓는 것은 하늘에 있는 신이 아니었다.

바로 혈운검 자신이었다.

그때였다.

눈의 무게를 이기지 못한 나뭇가지 하나가 몸을 떨기 시작했다. 혈운검은 때가 왔음을 직감했다. 나뭇가지에 쌓인 눈이 바닥에 떨어지는 순간이야말로 다시 오지 않을 기회였다.

눈이 떨어지는 소리는 그가 출수하는 소리를 감춰줄 터였다.

휙!

나뭇가지가 쌓인 눈이 마침내 바닥으로 떨어졌다.

혈운검은 지체 없이 혈운삼식을 펼쳤다.

무영은둔이 풀림과 동시에 붉은 안개가 해동살귀를 휘감았다.

완벽했다.

붉은 안개는 해동살귀를 수십 조각으로 갈라버렸다.

한데 뭔가 이상했다.

애검 혈심검에 반응이 와야 하는데 마치 허공을 벤 듯 아무런 느낌이 없었다. 혈운검이 아차 싶어 무영은둔을 다시 펼치려는 순간, 붉은 섬광이 눈앞에서 번쩍하며 피어올랐다.

혈운검은 다리의 힘이 풀리는 느낌을 받았다.

어지러웠다.

독문 심법을 운기해 보았지만 어디가 막힌 듯 내력이 돌지 않았다. 세상이 빙글빙글 돌기 시작했다. 고개를 내려보았다.

하얀 눈 위에 붉은 피가 동백꽃처럼 피어올랐다.

손의 힘이 풀린 모양이었다.

애검 혈심검이 바닥에 떨어졌다.

혈운검은 손으로 화끈거리는 가슴을 쓸어보았다.

뜨거운 피가 질척거리며 묻어나왔다.

발자국 소리가 들렸다.

혈운검은 고개를 들어 뿌옇게 변한 해동살귀를 쳐다보았다.

"내, 내가 숨어 있는 장, 장소를 어, 어떻게 알았나?"

해동살귀는 무심한 목소리로 대답했다.

"무뎌졌더군."

"내, 내가 무뎌졌다고? 이, 이 혈운검이?"

"옷에서 방향제 냄새가 났으니까."

"방, 방향제?"

혈운검은 그제야 도망치기 전에 추위를 피할 목적으로 옷장에 있는 겨울옷을 꺼내 입은 기억이 떠올랐다. 아마 옷장에 넣어둔 방향제 향이 옷에 스며들어 냄새가 난 모양이었다.

혈운검은 어이없다는 듯 실소를 터트렸다.

"고, 고작 방향제 때문에 이 혈, 혈운검이 죽어야 한단 말인가?"

해동살귀가 고개를 저었다.

"단순히 그 때문은 아닐 거요. 옷에서 나는 방향제 냄새를 맡지 못했다는 말은 살수로서의 감각이 무뎌졌단 뜻이니까."

그러나 혈운검은 해동살귀의 대답을 듣지 못했다.

그 전에 이미 절명한 것이다.

아침노을이 쓰러지는 혈운검의 시신을 붉게 비추었다. 우건은 혈운검이라는 그의 별호와 어울리는 죽음이라 생각했다.

거친 숨을 몰아쉰 우건은 가슴에 입은 상처를 먼저 지혈했다.

피는 곧 멎었다.

그러나 검광에 찢긴 혈맥은 제 기능을 못했다.

"우웩."

피를 토한 우건은 입가를 닦으며 본타가 있는 방향을 보았다.

"그만 나오는 게 어떻소?"

그 말을 기다렸다는 듯 진이연이 나무 뒤에서 걸어 나왔다.

"언제 알았죠? 내가 여기에 숨어 있다는 사실을?"

"처음부터."

"이목이 대단하군요. 그런데 정말 방향제로 위치를 안 거예요?"

"그렇소."

우건의 말은 사실이었다.

혈운검에게 처음 기습당했을 때는 직감 덕분에 치명상을 입지 않을 수 있었다. 만일 직감으로 피하지 못했으면 혈광삼식의 첫 번째 기습이나, 두 번째 기습에 목숨이 위태로운 중상을 입었을 것이다. 그리고 세 번째 공격에는 호신강기가 완전히 박살나 심장과 간, 폐가 다 날아갔을 것이다.

다행히 세 번째 공격까지 호신강기가 버티는 바람에 다시 일어설 수 있었다. 운은 거기서 끝나지 않았다. 처음 기습당했을 때는 바람이 불어가는 방향에 혈운검이 서 있어 방향제 냄새를 맡지 못했다. 그러나 혈광삼식에 당하는 동안, 위치가 바뀐 탓에 혈운검은 바람이 불어오는 방향에 있었다.

혈운검은 그 무서운 해동살귀를 자기 손으로 죽일 수 있다는 희열에 들떠 살수로선 절대 해선 안 되는 금기를 범한 셈이었다.

혈운검이 꺼내 입은 겨울옷에 배인 방향제가 바람에 실려 우건의 콧속으로 스며들어왔다. 우건은 혈운검의 위치를 전혀 모르는 척 연기하며 그가 걸려들기를 초조하게 기다렸다.

마침내 더 기다리지 못한 혈운검이 출수하는 순간, 이형환위의 신법으로 피함과 동시에 생역광음을 전력으로 찔러갔다.

우건은 그녀 뒤를 돌아보았다.

그러나 5팀의 다른 팀원은 보이지 않았다.

"부하들은?"

진이연이 어깨를 으쓱거렸다.

"다른 방향을 수색중이에요."

"소저가 그렇게 만든 거요?"

진이연은 피식 웃었다.

"살면서 별의별 호칭은 다 들어봤지만 소저란 호칭은 당신에게서 처음 들어보는군요. 맞아요. 부하들은 일부러 다른 방향에 보냈어요. 그들이 당신과 혈운검의 대결을 지켜보면 말들이 나올 테니까요. 그보다 상처는 어때요? 심한듯한데."

우건은 가슴에 묻은 피를 닦아내며 대답했다.

"견딜 만하오."

진이연이 허리띠 뒤에 달린 가방에서 무언가를 꺼내 던졌다.

"받아요. 특무대에서 사용하는 금창약(金瘡藥)이에요."

금창약을 받은 우건은 미간을 찌푸렸다.

"금창약이란 말은 누구에게 배웠소?"

진이연은 살짝 멈칫하더니 다소 날카로운 어조로 되물었다.

"우린 서로를 이용하는 관계 아니던가요?"

우건은 날이 완전히 밝은 하늘을 보며 대답했다.

"쓸데없는 질문은 하지 말란 소리군."

진이연이 고개를 끄덕였다.

"맞아요."

우건은 진이연의 부하들이 멀지 않은 위치에 있음을 느꼈다.

"이미영의 실종과 혈림은 어떻게 엮을 수 있었던 거요?"

더 이상 숨길 필요 없다는 듯 진이연은 지체 없이 대답했다.

"혈림 외총관이 사용하는 대포폰 중 하나를 가까스로 도청할 수 있었어요. 그런데 그 대포폰에 자주 연락하는 번호들이 있더군요. 그 번호들을 추적하던 도중에 김진성이란 이름을 찾았어요. 나중에 김진성이 영제의료원 후계자란 사실과 지금은 강남 영제병원에서 신경외과 펠로우로 재직 중이란 사실을 알아냈고요. 강남서가 이미영의 실종사건을 수사할 적에 김진성의 이름과 오수연이라는 이름이 같이 나오기에 혹시 혈림과 관계가 있지 않을까 짐작했을 뿐이에요."

"대단한 직감이군."

"여자의 직감을 우습게보지 말아요."

대꾸한 진이연이 몸을 요염하게 틀었다.

확실히 그녀는 매력적인 여인이었다.

얼굴은 비록 복면으로 가린 상태였지만 살갗에 찰싹 달라붙은 스판덱스가 그녀의 미끈한 몸매를 고스란히 드러내주었다.

큰 가슴과 개미를 연상케 하는 가는 허리, 그리고 탄력이 넘쳐 보이는 엉덩이가 아침 햇살 속에서 요염한 빛을 뿌렸다.

남자라면 누구나 반할 몸매였다.

그러나 우건에게는 그다지 감흥을 주지 못했다.

진이연이 뭔가 생각났다는 듯 급한 어조로 물었다.

"당신이 보낸 꼬맹이는 어떻게 해요?"

잠시 생각한 우건이 되물었다.

"특무대는 생포한 자들을 어떻게 처리하오?"

진이연이 그게 무슨 소리냐는 표정으로 물었다.

"설마 우리가 무인을 무조건 잡아 죽일 거라 생각한 거예요?"

"모르니까 묻는 거 아니오."

"우린 살인귀가 아니에요. 항복하거나, 전투 중에 생포한 자들은 단전을 망가트려 내력을 폐한 다음, 특무대 뇌옥에 가둬요."

고개를 끄덕인 우건이 대답했다.

"나쁜 짓은 하지 않은 것 같으니까 풀어주시오."

"알았어요."

대답한 진이연이 턱짓으로 죽은 혈운검을 가리켰다.

"이자는?"

"한세동 때처럼 소저가 알아서 처리하시오."

"내 공으로 삼아도 괜찮단 뜻인가요?"

"그렇소."

"고마워요."

"그럴 필요 없소. 서로 귀찮은 일을 더는 셈이니까."

우건은 혈운검에게 걸어가 그의 품속을 뒤졌다.

손바닥만 한 작은 책자 세 개와 비수, 현금다발 등이 나왔다.

작은 휴대전화에 수천 권의 책을 저장할 수 있는 시대였지만 혈운검은 여전히 비급을 몸에 지니고 다닌 모양이었다.

우건은 비급 하나를 챙긴 다음, 나머지는 진이연에게 던졌다.

"내가 가져가는 비급은 수고한 대가로 생각해주시오."

진이연은 쓴웃음을 지었다.

"당신이 다 가진다 한들 내가 여기서 무슨 말을 할 수 있겠어요."

대꾸한 진이연은 비급 두 권을 주머니에 집어넣었다. 한 세동의 거처에서 챙긴 비급과 영약으로 큰 도움을 얻은 그 녀였기에 비급을 챙기는 데 있어 망설임을 전혀 보이지 않았다.

우건은 급히 돌아섰다.

"소저의 부하들이 오는군. 그럼."

진이연에게 목례해보인 우건은 신법을 펼쳐 현장을 벗어났다.

진이연이 그런 우건에게 전음을 보냈다.

-또 볼 수 있는 건가요?

-어쩌면.

진이연이 다급히 물었다.

-무슨 대답이 그래요?

그러나 우건의 대답은 더 이상 들려오지 않았다.

그때, 부하들이 도착해 혈운검의 시신을 발견했다.

부팀장 윤대문(尹大文)이 놀란 목소리로 물었다.

"혈, 혈운검을 혼자 없애신 겁니까?"

"운이 좋았어요."

대답한 진이연은 서둘러 현장을 정리했다.

사람들이 곧 오가기 시작할 터였다.

우건이 사라진 방향을 힐끗 본 진이연은 혈림 본타로 향했다.

한편, 진이연과 헤어진 우건은 근처 여인숙을 찾아 방을 빌렸다.

행색이 그리 좋아 보이지 않아 바로 의심을 샀지만 우건이 내민 현금을 보는 순간, 주인은 지체 없이 방을 내주었다.

방에 들어온 우건은 미간을 찌푸렸다.

냄새 나는 이불과 먼지 잔뜩 낀 가구가 불쾌함을 자아냈다.

그러나 지금은 다른 방법이 없었다.

우건은 더러운 이불을 치운 자리에 가부좌를 틀었다.

이런 모습으로 수연을 만나러갈 순 없었다.

육체의 통증보다 그녀가 걱정하는 상황이 더 고통스러우니까.

가슴의 상처는 꽤 지독했다.

하루, 이틀 사이에 회복할 상처가 아니었다.

"어디 얼마나 잘 드는지 볼까."

옷을 벗은 우건은 진이연이 건넨 금창약을 꺼내 상처에 발랐다.

다행히 통증이 줄어들었다.

사실, 외상이야 큰 문제가 아니었다.

진짜 큰 문제는 혈맥에 입은 상처였다. 혈운검이 펼친 혈광삼식은 과연 지독하기 짝이 없어 기혈이 제멋대로 날뛰었다.

우건은 천지조화인심공의 운기요상법으로 다친 혈맥을 치료했다. 입정에 든 우건은 그날 저녁이 지나서야 깨어났다. 내상은 3할을 치료한 상태였다. 아직은 시간이 더 필요했다.

여인숙을 나온 우건은 근처 옷가게에 들러 새 옷을 사 입었다. 피가 묻은, 그리고 구멍 난 옷을 계속 입을 순 없었다.

옷을 구입한 후에는 근처 음식점에 들러 끼니를 해결했다. 그때, 주머니에 든 스마트폰에 생각이 미쳤다. 혈림 본타에 쳐들어가기 전에 꺼둔 다음, 지금까지 켜지 않은 상태였다.

우건은 급히 스마트폰 전원 버튼을 눌렀다. 그러나 액정화면에 잠시 빛이 들어왔다가 그대로 꺼져버렸다. 몇 번 더 반복해 시도해봤지만 한 번 꺼진 화면은 다시 살아나지 않았다. 우건은 한참 후에야 전원이 다했다는 사실을 깨달았다.

우건은 주위를 둘러보았다. 근처에 편의점이 한 군데 있었다. 수연이 가르쳐준 방법대로 편의점에 들러 충전기를 구입한 우건은 여인숙에 돌아가 콘센트에 연결해 스마트폰을 충전했다.

30여 분쯤 기다린 후에 전원버튼을 다시 눌러보았다. 전원이 들어왔다. 우건은 전화를 표시하는 아이콘에 숫자가 적혀 있는 모습을 보았다. 이 번호를 아는 사람은 수연과 쾌영문 문도 네 명뿐이었다. 혹시 무슨 일이 생겼나 싶어 얼른 부재중 통화목록을 열어보았다. 대부분 수연이 건 전화였다.

우건은 수연에게 전화를 걸었다.

얼마 기다리지 않아 수연의 다급한 목소리가 들려왔다.

"사형?"

"나야."

수연이 안도하는 목소리로 대답했다.

"휴, 걱정했잖아요."

"미안해. 일이 있어서 잠시 전화를 꺼두었어."

"괜찮은 거죠? 다친 데는 없는 거죠?"

우건은 그녀를 걱정시키기가 싫어 결국 거짓말을 해야 했다.

"괜찮아."

수연이 조금 밝아진 목소리로 물었다.

"언제 돌아올 거예요?"

"아직 처리할 일이 남아서 며칠 더 걸릴 것 같아."

"그렇군요."

수연이 실망한 듯 대꾸하는 목소리에 힘이 없었다.

우건은 급히 물었다.

"왜 그래? 무슨 일 있어?"

"벌써 잊은 거예요?"

"뭐를?"

"크리스마스에 같이 외식하기로 했잖아요."

우건은 그녀의 대답을 들으며 벽에 걸린 달력을 보았다.

12월 24일이었다.

"미안해. 어떻게든 가보도록 할게."

"괜찮아요. 중요한 약속은 아니니까 신경 쓰지 말아요."

수연과 통화를 마친 우건은 원공후에게 다시 전화를 걸었다.

원공후 역시 오래 기다리지 않아 전화를 받았다.

"어디십니까?"

"혈림 본타 근처요."

원공후가 조금 놀란 목소리로 물었다.

"그럼 어젯밤에 거기 계셨던 겁니까?"

"그렇소."

원공후가 다급히 물었다.

"우리가 가서 도와드려야하는 상황입니까?"

"아니오. 이쪽 일은 다 끝났소."

"다행이군요."

"그쪽은 어떻소? 김진성은 아직 그대로요?"

"조금 초조해 보이는 눈치였습니다."

"김진성 주위에 사매를 납치하려 한 정장 3인조가 있을 거요. 그놈들을 추적해 놈들의 본거지가 어디인지 알아보시오."

잠시 대답이 없던 원공후에 한참 후에 물었다.

"어딜 다치신 겁니까?"

"왜 내가 다쳤을 거라 생각하오?"

"주공의 성격이라면 직접 알아봤을 것 같단 생각이 들어서요."

"난 그렇게 부지런한 놈이 아니오."

"알겠습니다. 지시하신 부분은 바로 알아보겠습니다."

"고맙소."

전화를 끊은 우건은 내상을 회복하는데 주력했다.

다행히 회복속도가 전보다 더 빨랐다. 천지조화인심공의 운기요상법이 뛰어나단 점이 가장 크게 작용했지만 이곳에 와서 치른 실전경험 역시 내상 치료에 적지 않은 도움을 주었다.

내력은 전보다 줄었을지 모르지만 그 줄어든 내력을 실전에서 효과적으로 이용하는 방법을 깨달은 점은 큰 수확이었다.

다음 날 오전, 우건은 입정에서 깨어나 내력을 운기해 보았다.

내상은 7할까지 회복한 상태였다. 한세동, 혹은 혈운검과

같은 고수와 싸워야하는 상황이 아니면 큰 문제는 없을 듯
했다.

텔레비전을 켠 우건은 채널을 바꿔가며 이 근처에 벌어
진 사건을 조사하는 뉴스가 있는지 찾아보았다. 그러나 텔
레비전에서는 온통 크리스마스에 대한 이야기뿐, 살인사건
에 관한 내용은 없었다. 아마 진이연이 깔끔하게 처리한 듯
했다.

우건은 텔레비전을 끄려다가 잠시 멈췄다.

평소엔 관심이 없어 자세히 보지 않았는데 이곳 젊은이
들에게는 크리스마스가 단순한 휴일이 아닌 듯했다. 특히,
연인들은 외식하거나, 선물을 교환하며 이 날을 즐기는 듯
했다.

텔레비전을 끈 우건은 어제 통화를 떠올려보았다.

수연은 괜찮다했지만 절대 괜찮지 않은 목소리였다.

"어쩔 수 없지. 김진성은 다음에 처리해야겠군."

우건이 강남으로 가는 택시를 기다릴 때였다.

전화벨소리가 울려 발신자표시를 확인했다.

원공후 번호였다.

우건은 바로 전화를 받았다.

"나요."

원공후가 활기찬 음성으로 인사했다.

"메리 크리스마스입니다, 주공."

"무슨 일로 전화했소?"

"주모님을 납치하려 한 3인조를 우리 애들이 방금 찾아냈습니다."

"놈들은 어디에 있소?"

"강남 청담동(淸潭洞)에 있는 빈스라는 술집입니다."

"어떤 술집이오?"

"김진성이 몰래 운영하는 곳인 듯합니다."

"정확한 위치를 보내주시오."

"문자로 곧 쏴드리겠습니다."

전화를 끊은 우건은 마침 택시가 잡혀 바로 올라탔다.

택시기사가 뒤를 돌아보며 물었다.

"어디로 모실까요?"

우건은 원공후가 보내준 문자를 읽으며 대답했다.

"청담동 장로교회로 가주시오."

"알겠습니다."

우건은 청담동으로 가며 시간을 확인했다. 서두르면 저녁에 있는 수연과의 약속시간까지는 일을 해결할 수 있을 듯했다.

그러나 우건은 자신의 생각이 틀렸음을 곧 인정해야했다. 크리스마스에는 서울에 있는 모든 차가 다 밖으로 나온 듯했다. 차가 막혀 몇 백 미터를 움직이는 데 한세월이 걸렸다.

간신히 장로교회 앞에 도착한 우건은 원공후가 보내온 지도를 떠올리며 빈스라는 술집을 찾았다. 다행히 근처에 있었다.

빈스는 지하 1층에 있는 회원제 술집이었다.

주위를 한 번 둘러본 우건은 옷깃을 여민 다음, 계단을 통해 1층으로 내려갔다. 문은 잠겨 있었다. 우건은 힘을 주어 문고리를 부쉈다. 철제 손잡이가 나무젓가락처럼 부러져 나갔다.

우건은 술집 안으로 들어가 내부를 둘러보았다.

감색 정장을 입은 건장한 사내 하나가 술집 카운터에 앉아 담배를 피우는 중이었다. 독한 담배 연기가 홀에 자욱했다.

우건을 본 사내는 담배를 피우던 자세 그대로 얼어붙어 버렸다.

우건의 시선이 옆으로 돌아갔다.

카운터 앞에 있는 가죽 소파에 와이셔츠만 입은 중년사내가 구두를 신은 두 발을 유리탁자 위에 올린 자세로 거의 누워 있다시피 하였다. 그 역시 움찔하더니 그대로 굳어 버렸다.

우건은 기파를 퍼트렸다.

술집에는 두 명밖에 없었다.

우건은 중년사내를 보며 담담한 어조로 물었다.

"나머지 한 놈은 어디 있지?"

중년사내가 유리탁자에 올려놓은 발을 슬며시 내리며 물었다.

"누굴 찾는 거요?"

그때, 담배를 피던 사내가 앗하며 비명을 질렀다.

담뱃재가 손등에 떨어진 모양이었다.

우건의 시선이 담배 피는 사내에게 돌아가는 순간, 용수철처럼 튀어 오른 중년사내가 우건의 등에 오른 주먹을 내질렀다.

우건은 오른손을 뻗어 중년사내의 팔목을 틀어쥐었다. 중년사내의 눈이 찢어질듯 커질 무렵, 우건은 잡은 팔목을 꺾었다.

"으아악!"

팔목이 바스러진 중년사내가 비명을 지르며 무릎을 꿇었다.

"개새끼!"

카운터에 있던 사내가 피던 담배를 우건의 얼굴에 던졌다. 우건은 고개를 틀어 가볍게 피했다. 그때, 카운터에 올라간 사내가 득달같이 달려오더니 발로 우건의 얼굴을 걷어찼다.

우건은 왼손을 뻗어 사내의 발목을 틀어쥐었다. 사내가 움찔하는 순간, 우건은 사내의 발목을 한 바퀴 돌려 부러트렸다.

"크아악!"

사내가 비명을 지르며 카운터 밑으로 떨어졌다.

팔목이 바스러진 중년사내가 멀쩡한 왼손으로 나이프를 꺼내 우건의 옆구리를 찔러왔다. 우건은 공수납백인(空手納白刃)의 수법으로 나이프를 빼앗아 중년사내의 가슴에 찔렀다.

심장에 나이프가 박힌 중년사내가 비틀거리며 물러섰다. 죽음을 앞둔 중년사내의 얼굴엔 묘한 표정이 떠올라 있었다. 마치 무거운 짐을 내려놓은 사람처럼 후련해 보이는 표정이었다.

숨이 끊어진 중년사내가 뒤로 넘어갈 무렵, 발목이 부서진 사내가 카운터를 짚으며 일어섰다. 사내의 손에는 날이 바짝 갈려 있는 회칼이 들려 있었다. 사내가 회칼로 우건의 상체를 베어왔다. 그러나 발목이 부서진 바람에 하체에 전혀 힘을 싣지 못하는 사내의 회칼은 별로 위협적이지 않았다.

우건은 사내의 팔을 잡아 비틀었다.

"으아악!"

비명을 지른 사내가 손에 쥔 회칼을 떨어트렸다.

우건은 떨어지는 회칼을 잡아 그대로 사내의 배에 찔러 넣었다.

"커억."

입을 벌린 사내가 배를 움켜쥐며 쓰러졌다.

우건은 쓰러진 사내의 머리채를 틀어쥐었다.

"나머지 한 놈은 어디 있나?"

사내가 고통에 일그러진 얼굴로 대답했다.

"별, 별장에······."

"주소는?"

사내는 더듬거리며 주소를 말했다.

원하는 정보를 들은 우건이 돌아서려 할 때였다.

사내가 우건의 바지를 붙잡았다.

"죽, 죽기 전에 부, 부탁이 하나 있습니다."

"뭔가?"

사내가 간절한 음성으로 대답했다.

"김, 김진성 그 새끼를 꼭 죽여주십시오."

"너희들은 그자의 부하가 아니었나?"

사내가 악에 받쳐 소리쳤다.

"그, 그 새끼가 좋, 좋아서 지시를 따른 게 아닙니다. 그, 그 개새끼는 악마입니다. 우, 우리 역시 나쁜 놈들이기는 하지만 그 개새낀 우리보다 한술 더 뜨는 악마 같은 놈입니다."

말을 다 쏟아낸 사내가 간절한 눈빛으로 우건을 쳐다보았다.

우건은 말없이 고개를 끄덕여 주었다.

사내는 그제야 자기 할 일을 다 했다는 듯 고개를 떨어트렸다.

우건은 사내가 가진 폴더폰을 꺼내 전화를 걸었다.

"나요. 술집을 정리할 사람이 필요하오."

전화를 끊은 우건이 술집을 나와 도로 양편을 둘러볼 때였다. 검은색 SUV 한 대가 술집 근처에 멈춰 서는 모습이 보였다. 차 번호가 익숙했다. 우건은 차에서 내린 김은과 김철이 술집으로 들어가는 모습을 보며 한 블록을 더 걸어갔다.

김 씨 형제가 알아서 잘 하겠지만 미리 조심해 나쁠 게 없었다. 진이연은 택시에 달린 감시카메라를 이용해 우건을 추적해온 적이 있었다. 그리고 그런 일은 한 번이면 족했다.

곳곳에 달린 감시카메라를 피해가며 한 블록 더 걸어간 우건은 택시를 잡아 사내가 말한 별장으로 향했다. 도심은 여전히 막혔지만 교외로 가는 도로엔 교통량이 많지 않았다. 우건은 수연이 스마트폰에 깔아준 지도 애플리케이션으로 사내가 부른 주소를 찾아 주변 지형을 머릿속에 집어넣었다.

해가 뉘엿뉘엿 져갈 무렵.

우건은 별장과 5, 6킬로미터 떨어진 도로변에 택시를 세웠다.

김진성의 별장은 나무가 울창한 계곡 사이에 있었다. 어제 내린 눈이 발목까지 쌓여 있는 가파른 언덕을 막 올랐을 때였다.

3미터 높이의 철조망과 함께 사유지니까 출입을 금지한다는 팻말이 보였다. 우건은 비웅보를 펼쳐 단숨에 뛰어넘었다.

우건이 눈이 쌓인 언덕길을 반쯤 내려왔을 때였다.

별장이 있는 방향에서 낮게 그르렁거리는 소리가 들려왔다.

짐승이 내는 소리였다.

더 정확히 말하면 개들이 내는 소리였다.

우건의 예상은 정확했다.

비릿한 내음이 풍겨오기 무섭게 개 일곱 마리가 하나둘 모습을 드러냈다. 덩치가 다들 멧돼지만 했다. 애완용 개는 결코 아니었다. 텔레비전에서 보았던 도사견의 한 종류로 보였다.

개들은 어른 손가락보다 긴 송곳니를 드러내며 으르렁거렸는데 벌어진 입 사이로 쉴 새 없이 침이 흘러내렸다. 또 눈빛과 몸짓에선 의미가 분명치 않은 광기가 흐르는 듯했다.

개들의 행동은 일반적인 모습이 결코 아니었다.

침입자를 막는 경비견이 보이는 경계심 수준을 넘어섰다.

이는 맛있는 음식 앞에서 군침을 흘리는 모습에 가까웠다.

덩치가 가장 큰 개가 달려드는 순간, 나머지 개들이 일제히 덤벼들었다. 우건은 호신강기를 펼치며 살기를 끌어올렸다.

호신강기에 튕겨나간 개들이 재차 공격하려는 순간, 살기가 개들의 다리를 옭아맨 것처럼 움직이지 못하게 만들었다.

뒤이어 우건이 발출한 살기가 그물처럼 주변을 찍어 눌렀다.

개들은 즉시 바닥에 바짝 엎드려 꼬리를 엉덩이 밑으로 말아 넣었다. 겁을 집어먹었다는 증거였다. 개들은 생각보다 단순했다. 그리고 본능적이었다. 자기보다 약해 보이는 상대는 단숨에 물어뜯지만 강한 상대에겐 복종의사를 드러냈다.

우건은 계곡에 있는 김진성의 별장으로 곧장 내려갔다. 꼬리를 만 개들이 그런 우건의 뒤를 호위하듯 쫓아오기 시작했다.

이미 개들에게는 우건이 주인이었다.

별장에는 따로 담이 없었다.

2층 높이의 목조 건물 좌우에 정원수만 있을 뿐이었다.

우건은 정원수 사이에 난 돌길을 따라 건물로 걸어갔다.

건물 앞마당에선 우건의 뒤를 쫓아오는 개들과 비슷하게 생긴 개들 10여 마리가 펄쩍펄쩍 뛰어오르며 무언가를 먼저 차지하기 위해 싸우는 중이었다. 우건의 시선이 개들이 모여 있는 곳과 붙어 있는 건물의 1층 난간 방향으로 이동했다.

난간에는 정장을 입은 30대 사내가 서 있는데 그가 통에 든 무언가를 꺼내 던질 때마다 개들이 위로 펄쩍펄쩍 뛰어올랐다.

우건은 안력을 집중해보았다.

"흐음."

사내가 개들에게 주는 먹이는 바로 사람의 살이었다. 우건은 그제야 개들이 그를 보며 군침을 흘렸던 이유를 깨달았다. 놈들은 개들에게 사람의 시신을 먹이로 주고 있었던 것이다.

사내가 우건을 발견한 듯했다.

휘파람을 불며 우건을 가리키는 순간, 먹이를 가지고 다투던 개들이 일제히 고개를 돌리더니 침을 흘리며 덤벼들었다.

우건은 앞서 개들을 제압한 방법대로 호신강기를 끌어올림과 동시에 짙은 살기를 무럭무럭 피워 올렸다. 호신강기에 막힌 개들이 투명한 막에 부딪친 것처럼 뒤로 튕겨나갔다.

뒤이어 주변을 잠식한 짙은 살기에 몸이 묶이는 순간, 바로 꼬리를 말았다. 일부는 오줌을 싸거나, 배를 드러내 보였다.

개들을 제압한 우건은 다시 사내를 바라보았다.

생각지 못한 상황에 놀란 듯 당황한 사내가 이내 벽에 기대놓은 무언가를 가져와 우건을 겨누었다. 사냥총이었다. 우건은 섬영보를 밟아 피했다. 우건을 빗나간 탄환이 뒤에 있는 개의 뇌수에 박혔다. 즉사한 개가 사지를 부르르 떨었다.

우건은 섬영보를 지그재그로 밟아 탄환을 계속 피했다.

우건이 피할 때마다 따라오던 개들이 대신 맞았다. 아니면 길을 까는 데 쓴 돌에 박혀 부서진 파편이 사방으로 튀었다.

우건이 현관 앞에 이르렀을 무렵, 탄환이 떨어진 사내의 낯빛에는 갈등이 묻어 나왔다. 그에겐 두 가지 선택권이 있었다. 첫 번째는 도망치는 선택이었다. 그리고 두 번째는 재장전을 하는 선택이었다. 물론, 둘 다 그에게 유리한 선택은 아니었다.

사내는 재장전을 선택했다.

나무의자에 놓아둔 탄창으로 손을 뻗으려는 순간, 우건이 눈앞에 나타났다. 움찔하며 뒤로 물러선 사내가 사냥총 개머리판으로 우건의 머리를 후려쳤다. 우건은 가볍게 피하며 옆으로 돌아섰다. 허공을 친 사내가 균형을 잡지 못해 비틀거렸다. 우건은 오른손을 펼쳐 사내의 옆구리에 붙였다.

펑!

가죽 북이 찢어지는 듯한 소음과 함께 몸이 한차례 들썩인 사내가 바닥에 엎어졌다. 입에서는 피가 꾸역꾸역 흘러나왔다. 우건의 파금장에는 외공을 익힌 고수를 때려죽일 수 있는 위력이 실려 있었다. 애초에 감당할 수준이 아니었다.

우건은 사내가 쥔 사냥총을 집어 우그러트렸다. 나무에 쇠를 덧대 만든 사냥총은 우건의 악력 앞에 젓가락처럼 휘었다.

휙!

우건은 박살낸 사냥총을 정원수 사이에 던졌다. 개들이 물어오기 훈련이라 착각한 듯 사냥총을 향해 우르르 달려갔다.

쓴웃음을 지은 우건은 한숨을 쉰 다음, 사내 옆에 있는 통 안을 보았다. 예상대로 막 녹은 것 같은 사람의 시신 일부가 들어 있었다. 여자인 듯했다. 우건은 사내의 시체와 남은 탄환, 그리고 통에 있는 시신을 모아 삼매진화로 태웠다.

펑펑펑!

탄환에 든 화약이 터지며 주황색 불꽃이 화살처럼 날아
갔다.

우건은 그 모습을 지켜보다가 별장 안으로 들어갔다.

이미 도착하기 전에 기파로 별장 주위를 살펴본 후였다.
별장에는 방금 죽은 사내와 개들 외에 살아 있는 생명체가
없었다.

우건이 별장 1층을 막 둘러보려할 때였다.

개 한 마리가 우건이 던진 사냥총을 물어왔는데 마치 칭
찬을 기다리는 개처럼 꼬리를 흔들었다. 우건은 한숨을 쉬
었다.

개들은 잘못이 없었다.

그렇게 가르친 사람 탓이었다.

우건은 개의 머리를 쓰다듬어주었다. 그리고는 물어온
사냥총을 다시 멀찍이 던져버렸다. 개들이 경쟁하듯 달려
갔다.

1층을 둘러본 우건은 뒤쪽 차고로 향했다. 고급 스포츠
카 몇 대와 승합차 한 대가 서 있었다. 내부를 둘러본 우건
은 돌아서려다가 걸음을 멈추었다. 안에 문이 하나 더 있었
다.

우건은 문고리를 부수며 안으로 들어갔다.

독한 소독약 냄새가 가장 먼저 코를 찔렀다.

미간을 찌푸린 우건은 안을 둘러보았다.

수술실을 그대로 재현한 듯한 구조였다.

한쪽 벽에는 전기 드릴과 전통 톱 등이 자랑스레 걸려 있었다. 그리고 천장 조명 옆에는 커다란 카메라가 달려 있었다.

우건은 카메라 안을 살펴보았다.

메모리카드는 들어 있지 않았다.

방을 나온 우건은 2층으로 올라갔다. 2층에는 특별히 눈에 띄는 물건이 없었다. 다시 1층으로 내려온 우건은 침실을 살펴보았다. 커다란 침대 사방에 기둥 같은 거치대가 달려 있었다. 그리고 거치대에 끈으로 묶은 듯한 흔적이 있었다.

우건은 침대 밑에 있는 서랍을 뒤져보았다. 서랍엔 가죽 벨트와 가죽채찍을 비롯해 신기하게 생긴 물건이 잔뜩 있었다.

우건은 그런 방면에는 조예가 없었다.

그러나 물건의 형태를 통해 무슨 용도인지는 짐작이 가능했다.

서랍을 닫은 우건은 벽에 매립형태로 박혀 있는 금고 앞에 섰다. 당연히 금고 번호를 몰랐다. 그러나 여는 방법이 전혀 없지는 않았다. 우건은 파금장으로 금고 문을 후려갈겼다.

콰앙!

금고 문이 종이처럼 찌그러들었다.

우건은 파금장을 대여섯 차례 더 펼친 후에 찌그러진 문을 떼어냈다. 금고 안에는 서류와 카메라 메모리카드를 진열해 놓은 선반이 있었다. 메모리카드는 모두 열다섯 개였다.

우건은 그중 선반 맨 마지막에 위치한 메모리카드를 침실에 있는 카메라에 넣었다. 그리고 재생 버튼을 눌러보았다.

칙칙하던 화면이 밝아지며 김진성으로 보이는 자가 발가벗은 어떤 여자를 고문하는 광경이 나타났다. 우건은 빠르게 돌려 전체적인 내용을 확인한 후에 다른 메모리카드를 넣었다. 마찬가지였다. 메모리카드엔 열다섯 명의 여자가 김진성에게 살아 있는 상태로 고문당하는 내용이 들어 있었다.

카메라를 끈 우건은 잠시 고민했다.

이 메모리카드를 진이연에게 넘겨 유족들이 자신의 딸과 손녀, 그리고 아내가 어떤 식으로 누구에게 죽었는지 알게 해줘야 하는지, 아니면 이대로 묻어 버려야 하는지 고민했다.

그러나 고민은 이내 저만치 사라져 버렸다.

대신 그 자리에 들끓는 분노가 자리하기 시작했다.

우건은 부동심이 풀려버린 것을 느꼈지만 그냥 그대로 두었다.

계획을 세운 우건은 주머니에서 폴더폰을 꺼냈다.

빈스라는 술집에서 김진성의 부하 두 명을 제거할 적에 챙긴 휴대전화였다. 은동철 삼형제 중 김동은 스마트폰을 이용해 수연의 위치를 찾아냈었다. 김동이 할 수 있는데 경찰이 못할 리 없었다. 귀찮은 일이 생기는 상황을 피하기 위해서는 수연의 이름으로 등록한 스마트폰보다 사내들이 연락을 위해 평소 가지고 다니는 대포폰이 더 안전해 보였다.

폴더폰에 있는 김진성의 번호를 찾아내 바로 전화를 걸었다.

곧 짜증이 섞인 김진성의 목소리가 들려왔다.

"바쁜데 왜 전화했어?"

"그럼 더 바빠지겠군."

우건의 대답이 끝나기 무섭게 잠시 침묵이 찾아왔다.

김진성은 거친 호흡을 뱉어내며 물었다.

"너 누구야? 누군데 그 휴대폰을 갖고 있는 거야?"

"내가 누구일 거 같은가?"

김진성의 목소리가 듣기 싫게 갈라졌다.

"설, 설마!"

"무엇을 상상했는지는 모르겠지만 아마 그 설마가 맞을 거다."

김진성이 소리를 빽 질렀다.

"휴, 휴대폰 주인은 어디 있어?"

"어디 있을 것 같은가?"

김진성은 충격을 받은 듯 대답이 없었다.

우건은 담담한 목소리로 한 번 더 물었다.

"이 휴대폰의 주인이 내게 뭐라 했을 것 같은가?"

김진성이 당황한 목소리로 급히 물었다.

"뭐, 뭐라 했는데?"

"내게 주소를 하나 알려주더군. 별장 말이야. 지금 가는 중인데 뭐가 있을지 꽤 궁금하군. 넌 주인이니까 알고 있겠지?"

그 말이 끝나기 무섭게 전화가 끊어졌다.

우건은 거실 소파에 앉아 시계를 보았다.

수연과의 약속을 지키기엔 이미 늦은 상황이었다.

그러나 우건은 전화를 걸어 미안하단 말을 하지 않았다.

아니, 못했다.

여기 있는 전화로든, 아니면 수연이 준 스마트폰으로 전화하든 통화기록이 남으면 나중에 그녀가 곤란해질 위험이 있었다.

우건은 천장을 보며 중얼거렸다.

"미안해, 사매. 오늘은 가지 못할 것 같아."

눈을 감은 우건은 들끓는 살심을 억제하기 위해 천지조화인심공을 운기했다. 그러나 부동심이 깨진 후라 그런지 효과가 없었다. 우건은 거실에 걸린 시계의 바늘이 움직이는 소리를 들으며 조용히 기다렸다. 어느새 어둠이 잦아들었다.

어둠 속에 앉아 얼마를 기다렸을까.

차가 급히 달려오는 소리가 들렸다.

우건은 별장 밖으로 천천히 걸어 나갔다.

10장. 여난(女難)의 시작

부아아앙!

검은색 스포츠카 한 대가 굉음을 뿜어내며 별장으로 달려왔다.

스포츠카에 낮게 달려 있는 헤드라이트가 별장 앞을 비추었다.

우건을 알아본 듯 스포츠카가 갑자기 속도를 줄였다.

끼이이익!

뒷바퀴에서 연기가 올라오는 순간, 스포츠카가 미끄러지듯 반 바퀴 회전하더니 근처에 있는 정원수 옆을 쿵 들이받았다.

우건은 스포츠카를 향해 천천히 걸어갔다.

헤드라이트 불빛 속에서 먼지와 나뭇잎이 정신없이 부유했다.

우건은 선령안을 펼쳤다.

에어백이 터진 듯했다. 하얀색 풍선과 운전석 사이에 낀 김진성이 밖으로 나오기 위해 발광하는 모습이 눈에 들어왔다.

치익 하는 소리가 들리는 순간, 에어백의 바람이 허무하게 빠졌다. 뒤이어 문이 열리더니 김진성이 네 발로 기어 나왔다.

김진성은 낭패한 모습이었다. 머리카락은 잔뜩 헝클어져 있었다. 그리고 와이셔츠가 찢어져 맨살이 드러나 있었다. 비틀거리며 일어선 김진성이 시커먼 물체를 우건에게 겨누었다.

리볼버였다.

더 정확히 말하면 여섯 발이 들어가는 리볼버였다.

우건은 한세동의 거처에서 일양루가 사용하는 권총에 곤란을 겪은 후에 이곳의 무기들을 연구한 경험이 있었다. 그때의 연구에 의하면 리볼버는 자동권총에 비해 불발확률이 적은 편이었다. 대신, 자동권총에 비해 탄환을 많이 장전하지 못했다. 특히, 김진성이 가진 리볼버는 더 적은 편이었다.

우건은 김진성이 어디서 리볼버를 얻었는지에 대한 의문은 잠시 미뤄두었다. 지금은 피하는 것이 우선이었다. 김진성이 방아쇠를 당기는 모습을 눈으로 확인하며 섬영보를 펼쳤다.

타앙!

총성이 울리는 순간, 탄환이 5미터 옆으로 날아갔다.

우건은 그사이 김진성과의 거리를 2미터 이상 좁혔다.

탕!

두 번째 탄환은 3미터 옆으로 날아갔다.

김진성은 사격솜씨가 괜찮은 듯 전보다 거리를 많이 좁혔다. 그러나 여전히 엄청난 차이가 있었다. 3미터나, 3킬로미터나 우건을 맞추기 불가능한 것은 마찬가지인 상황이었다.

탕탕!

김진성이 두 발을 빠르게 연사했다.

우건은 몸 옆을 스치는 탄환의 굉음을 들으며 계속 전진했다.

탕!

다섯 번째 탄환은 허벅지 옆을 지나갔다.

김진성의 얼굴에 식은땀이 흐르기 시작했다.

"하아, 하아."

거친 호흡을 토해내던 김진성이 총구를 우건의 얼굴에 겨눴다.

탕!

마지막 탄환이 우건의 머리에 박혔다.

아니, 박힌 것처럼 보였다.

탄환은 우건이 펼친 이형환위가 만든 잔상의 머리를 꿰뚫었다.

모든 공격이 실패한 김진성은 리볼버를 막대기처럼 우건의 관자놀이에 휘둘렀다. 그러나 그는 우건의 상대가 아니었다.

김진성의 팔목을 붙잡아 비틀었다.

우드득!

팔목이 부러진 김진성이 받은기침을 토했다.

우건은 내력을 끌어올리지 않은 상태에서 주먹으로 김진성을 후려쳤다. 코뼈가 주저앉은 김진성이 피를 토하며 날아갔다. 김진성 따위를 상대하는 데 굳이 내력을 쓸 필요가 없었다. 그 동안 단련한 육체의 힘만으로 상대가 가능했다.

바닥에 쓰러진 김진성이 벌레처럼 꿈틀거렸다.

우건은 김진성의 옆구리를 걷어찼다.

쿵!

뒤로 날아간 김진성이 정원수에 부딪쳐 쓰러졌다.

정원수의 낙엽이 꽃잎처럼 허공을 부유했다.

정원수에 간신히 등을 기댄 김진성이 피가 섞인 기침을 토했다.

"그, 그만."

"넌 여자들이 그만하라고 할 때 그만한 적 있었나?"

김진성이 소매로 입가에 묻은 피를 닦으며 큭큭 거렸다.

"고, 고작 그런 걸레년들 때문에 이러는 건가?"

"입은 아직 살아 있는 모양이군."

우건은 지풍으로 김진성의 혈도를 짚었다.

그제야 김진성의 얼굴에 당혹감이 떠올랐다.

목이 따끔거리는 순간, 마치 마취제를 맞은 것처럼 몸이 움직이지 않았다. 정신은 또렷한데 손가락 하나 까딱하지 못했다.

김진성이 떨리는 목소리로 물었다.

"나, 나에게 무슨 짓을 한 거지?"

"더 궁금해할 일들이 많으니까 벌써부터 겁먹을 필욘 없어."

우건은 김진성의 뒷덜미를 잡아 별장으로 질질 끌고 갔다. 꿔다놓은 보릿자루처럼 끌려가던 김진성이 미친 사람처럼 비명을 질렀다. 그러나 그를 구하러 올 사람은 이곳에 없었다.

우건은 김진성이 여자들을 고문하며 쾌락을 느끼던 수술방으로 그를 데려갔다. 김진성은 우건의 의도를 깨달은 듯 돼지 멱을 딸 때처럼 듣기 싫은 비명을 질렀다. 그러나 우건은 묵묵히 자기 일을 하였다. 작업을 마친 우건이 돌아섰다.

김진성이 기다렸다는 듯 소리쳤다.

"돈, 돈이라면 얼마든지 주겠다! 10억, 아니 100억을 주겠다!"

우건은 그런 김진성을 담담한 눈빛으로 응시했다.

"너 같은 놈에겐 설교 따윈 할 생각이 없다. 죽을 때까지 그동안 네가 벌인 짓을 참회하든, 아니면 나를 저주하든 상관없다. 그러나 지금부터 느끼는 고통은 아마 삼겁(三劫)을 거쳐 인간으로 윤회한다고 해도 잊기 어려울 것이다."

김진성의 마혈을 푼 우건은 휘파람을 불었다.

잠시 후, 굶주린 도사견 20여 마리가 안으로 뛰어 들어왔다.

정신이 나간 김진성은 멍한 눈으로 우건을 쳐다보았다.

돌아선 우건이 김진성을 힐끗 보며 중얼거렸다.

"네가 그토록 좋아하는 고통에 직면할 시간이다."

우건이 방문을 닫는 순간, 도사견이 김진성에게 달려들었다.

우건은 자정이 넘은 시간에 김진성의 별장을 출발했다.

원공후가 별장으로 차를 보내준 덕분에 야간 택시를 잡느라 고생할 필요가 없었다. 차는 여전히 막혔지만 낮보다는 한결 수월했다. 우건은 새벽 세 시에 수연의원 앞에 도착했다.

우건은 김은에게 혈운검의 비급을 건넸다.

"요 며칠 고생한 수고비일세."

김은이 눈을 크게 뜨며 물었다.

"이, 이게 뭡니까?"

"무영은둔이라 불리는 은신술의 비급일세. 사부에게 보여주면 그가 무슨 뜻인지 해석해줄 것이네. 자네들의 사부는 은신술의 대가니까 비급을 보면 적지 않은 깨달음이 있을 거야."

감격한 김은은 차에서 내리는 우건의 등에 넙죽 절을 올렸다.

"감사합니다!"

"피곤할 텐데 그만 들어가 쉬게."

손을 들어 보인 우건은 수연의원 2층을 올려다보았다.

불이 꺼져 있었다.

우건은 다행이라 생각하며 2층으로 올라가 문을 열었다.

현관 조명이 켜지는 순간, 소파에 앉아 있던 수연이 달려왔다.

"괜찮아요? 다친 데는 없어요?"

"왜 안 잤어?"

"사형이 어떤 상황인지 모르는데 제가 어떻게 잘 수 있겠어요."

"괜찮아. 다 잘 끝났어."

우건을 소파에 앉힌 수연이 거실 조명을 켜며 물었다.

"출출해요?"

"약간."

"라면 괜찮아요?"

"좋지."

수연이 냄비에 물을 끓이며 물었다.

"정말 다 끝난 거예요?"

"그래. 다 끝났어."

수연이 찬장에 있는 무늬를 바라보며 슬픈 목소리로 물었다.

"그럼 미영이는 정말……."

"미영이라는 후배 역시 이젠 조금은 편하게 쉴 수 있을 거야."

"그렇군요……."

고개를 끄덕인 수연은 끓인 라면과 김치를 쟁반에 담아 가져왔다. 라면은 그리 권장할 만한 음식이 아니지만 지금처럼 출출할 때 요기하기에는 더 없이 좋은 음식 중 하나였다.

수연이 라면을 앞 접시에 담아주며 물었다.

"전화는 왜 꺼져 있던 거예요?"

"전화를 받을 수 없는 상황이었어. 미안해."

"괜찮아요. 라면 식으면 맛없어요. 어서 먹어요."

"사매는 안 먹어?"

수연이 두 손으로 자기 볼을 감싸보였다.

"전 지금 먹으면 얼굴이 잔뜩 부을 거예요."

"사매는 부어도 예쁠 거야."

수연이 눈을 깜빡거렸다.

"칭찬이에요? 욕이에요?"

"글쎄, 칭찬이지 않을까?"

그 말에 수연이 처음으로 미소를 지었다. 원래 잘 웃는 그녀였지만 후배의 일이 있은 후에는 미소를 보인 적이 없었다.

우건이 라면을 깨끗이 비웠을 때, 수연이 냉장고 문을 열었다.

"들어가지 말아요."

"뭐가 더 남은 거야?"

수연이 케이크를 꺼내왔다.

"같이 먹으려고 사온 거예요. 조금 늦었지만 메리 크리스마스."

"그래, 사매도."

두 사람은 날이 밝은 후에야 각자 잠자리에 들었다.

그날 오전 일찍 눈을 뜬 우건은 옥상에 있는 연공실에 들어가 천지조화인심공을 운기했다. 연공실에 가득한 산소는 내상 회복 속도를 높여주었다. 내일쯤이면 내상을 다 회복할 듯했다. 운기를 마친 우건은 가부좌한 상태에서 혈림 내총관, 외총관, 그리고 혈운검과의 대결을 천천히 복기했다.

우건은 요즘 들어 초식을 더 다듬어야겠다는 생각을 하고 있었다. 전에는 강력한 정종 내력을 앞세워 적들을 압도했다. 그러나 지금은 그렇게 할 수가 없었다. 지금은 정해진 내력으로 초식을 운용해 강적을 상대하는 수밖에 없었다.

더욱이 태을양의미진진에 갇혀 있다가 현대로 넘어온 자들 중에는 무시 못 할 고수가 적지 않아 방심은 금물이었다.

우건의 수련을 방해한 것은 스마트폰 벨소리였다.

우건은 수연이 지정해준 벨소리가 연공실 안을 휘돌며 메아리처럼 울리는 상황을 잠시 지켜보다가 번호를 살펴보았다.

번호 대신 발신자표시제한란 문구가 적혀 있었다.

현재 우건의 전화번호를 아는 사람은 다섯 명이었다. 그들은 바로 전화를 개통해준 수연과 쾌영문 문도 네 명이었다. 그리고 그들 중엔 발신자표시제한으로 전화할 사람이 없었다.

버튼을 누르는 순간, 진이연의 투덜거리는 음성이 들려
왔다.

"아, 왜 이렇게 늦게 받아요?"

"왜 발신자표시제한으로 전화를 건 거요?"

"이번 통화는 개인적인 목적으로 하는 통화니까요."

우건은 그녀가 전화한 이유가 뭘까 생각해 보았다.

그러나 딱히 생각나는 이유가 없었다.

"이 번호는 어떻게 알아냈소?"

"번호 알아내는 일쯤이야 우리에겐 식은 죽 먹기죠."

"무슨 일로 전화했소?"

"전화로 말하기에는 좀 그런 내용이에요."

우건 역시 그녀를 한 번은 만나야할 상황이었다.

"장소를 정하시오."

"조용한 곳이 좋겠죠?"

"상관없소."

진이연은 바로 주소를 불렀다.

강남에서 멀지 않은 장소였다.

전화를 끊은 우건은 방에 돌아가 물건을 챙겼다.

공부 중이던 수연이 나갈 채비를 하는 우건을 보며 물었
다.

"어디 가는 거예요?"

"누굴 좀 만나야할 거 같아."

수연이 고개를 갸웃거리며 물었다.

"혹시 여자예요?"

"글쎄."

수연이 놀란 얼굴로 소파에서 벌떡 일어났다.

"어, 정말인가보네."

우건은 따라 나온 수연에게 물었다.

"오늘은 출근 안 해?"

"레지던트 4년차의 특권이랄까요."

"무슨 말이야?"

"곧 전문의시험을 봐야 해서 당분간은 공부에 집중할 거예요."

"시험이 언제라 했지?"

"필기는 보름쯤 남았어요."

"사매는 열심히 했으니까 반드시 합격할 거야."

덕담을 건넨 우건은 문을 열었다.

그런 우건의 등에 수연이 다시 물었다.

"그런데 정말 여자 만나러 가는 거예요?"

"진 소저를 만나러 가는 거야."

수연의 눈동자가 조금 커졌다.

"진 소저면 특무대의 그 여형사요?"

"그래."

"무슨 일로 만나는 거예요?"

우건은 고개를 가로저었다.

"글세? 그건 가봐야 알 것 같아."

수연은 애써 미소 지었다.

"그럼 조심해서 갔다 와요. 맛있는 저녁 해둘게요."

"알았어."

수연과 헤어진 우건은 택시를 잡아 약속 장소를 찾았다. 크리스마스에 비하면 도로가 거의 비어 있는 수준이었다. 택시에서 내린 우건이 주위를 둘러볼 때, 뒤에서 경적이 울렸다.

우건은 뒤를 돌아보았다.

택시 뒤에 있는 승용차 안에서 진이연이 손을 흔들어 보였다.

그녀의 차로 걸어간 우건이 조수석에 오르며 물었다.

"전화로 하기 힘들다는 말이 뭐요?"

"천천히 해요. 시간은 많으니까."

진이연은 차를 교외방향으로 몰았다.

"동거녀는 잘 있어요?"

"동거녀?"

"오수연 선생 말이에요."

"잘 있소. 하지만 그 동거녀란 소린 듣기 별로니까 하지 마시오."

진이연이 고개를 돌리며 물었다.

"지금 화내는 거예요?"

"난 이런 식으로 화를 내지 않소."

"그럼 어떤 식으로 화를 내는데요?"

우건은 진이연을 힐끗 보았다.

"내가 화가 날 때는 피를 보는 경우가 대부분이오."

진이연이 어깨를 으쓱거렸다.

"알았어요. 앞으로 조심하죠."

진이연은 교외 계곡에 위치한 음식점 주차장에 차를 세웠다.

"저곳에서 얘기해요. 겨울에는 사람이 없어 조용해요."

진이연은 차에서 내려 음식점 안으로 들어갔다.

쓴웃음을 지은 우건은 그녀를 따라 음식점 안으로 들어갔다.

진이연은 칸막이가 있는 음식점 가장 안쪽 테이블에 앉아 메뉴판을 읽어보는 중이었다. 우건은 그녀 앞에 조용히 앉았다.

진이연이 고개를 들었다.

"먹고 싶은 거 있어요?"

"소저가 먹는 것으로 먹겠소."

"좋아요."

웨이터를 호출한 진이연이 티본스테이크 2인분을 주문했다.

우건은 그제야 진이연의 모습을 제대로 볼 수 있었다.

진이연은 검은색 코트 안에 몸에 붙는 붉은색 원피스를 입고 있었다. 그리고 검은색 스타킹에 무릎 위까지 올라오는 갈색 가죽부츠를 신었다. 전체적으로 그녀와 잘 어울리는 차림새였다. 또, 화장을 약간한 듯 날카로운 눈매와 붉은 립스틱을 칠한 자그마한 입술이 매혹적인 아름다움을 풍겼다.

우건의 시선을 의식한 듯 진이연이 눈을 찡긋거리며 물었다.

"왜요? 내 모습이 이상해요?"

"아니오. 잘 어울린다는 생각을 하던 차였소."

"마음에 들어요?"

"그렇소."

진이연이 테이블 위에 두 팔을 올리며 물었다.

"마음에 들면 나랑 사귀어 볼래요?"

우건은 평소에 당황하는 경우가 거의 없는 사람이었다.

그러나 이번에는 사래가 들릴 만큼 놀랐다.

진이연이 웃으며 손사래를 쳤다.

"뭘 그렇게 놀라요? 농담한 거예요."

"농담이라니 다행이오."

"호호."

눈물까지 흘리며 웃던 진이연이 갑자기 몸가짐을 바로
했다.

"아, 우리 음식이 왔네요."

우건이 뒤로 고개를 돌리는 순간, 웨이터가 티본스테이
크가 담긴 접시를 그와 진이연 앞에 내려놓았다. 진이연은
익숙한 솜씨로 나이프와 포크를 이용해 스테이크를 잘게
썰었다.

스테이크를 처음 먹어보는 우건은 그녀의 행동을 따라했
다.

포크로 핏기가 도는 스테이크를 한 점 먹은 진이연이 물
었다.

"스테이크는 처음이에요?"

"처음이오."

"이곳에 온 지 얼마 안 된 모양이군요. 맛은 어때요?"

우건은 스테이크를 씹어보았다.

씹을 때마다 흘러나오는 육즙이 상당히 맛있었다.

"맛있소."

"입맛에 맞아 다행이에요."

우건은 고개를 들어 그녀를 바라보았다.

"우리의 과거에 대해 얼마나 아는 거요?"

진이연이 입에 가져가려던 스테이크 조각을 내려놓으며
물었다.

"그건 최초의 100인에 대한 질문인가요?"

"당신들이 우리를 뭐라 부르는지는 상관없소."

"최초의 100인에 대한 질문이라면 나 역시 정확히 알지는 못해요. 다만, 어떤 일로 인해 수백 년 전을 살아가던 100여 명의 무림고수가 현대로 넘어왔다는 사실과 그들로 인해 지금의 현대무림(現代武林)이 탄생했다는 사실 정도니까요."

"현대무림이라……."

진이연이 고개를 갸웃거렸다.

"왜요? 그 명칭이 이상해요?"

우건은 고개를 저었다.

"아니오. 오히려 꽤 잘 어울린다는 생각이 들었소."

진이연이 물을 마시며 물었다.

"우린 주고받는 관계죠?"

"왜 그러시오?"

"이제는 내가 물어볼 차례에요."

"뭐가 궁금한 거요?"

"저번에 한 질문과 같아요. 당신은 그 100인 중 한 명인가요?"

우건은 솔직히 대답했다.

"그렇소. 당신들이 말하는 그 100인에 속해 있소."

진이연이 새삼스러운 눈으로 우건을 쳐다보았다.

대화를 나누며 식사를 마친 두 사람은 커피와 주스를 마셨다.

커피 잔을 내려놓은 우건이 물었다.

"이제 말하는 게 어떻소?"

"전화상으로 하기 힘들다는 얘기요?"

"그렇소."

"별것 아니에요. 특무대 상부에서 당신이란 존재에 대해 의심하기 시작했단 정보를 전해주기 위해 만나자고 한 거예요."

"이번 일 때문에 의심하기 시작한 거요?"

진이연은 고개를 저었다.

"아니에요. 정확히 말하면 한세동이 죽었을 때부터였을 거예요. 특무대 상부는 나에게 한세동을 죽일 실력이 없다는 사실을 간파한 상태였어요. 또, 실력이 뛰어난 어떤 고수가 당시 3팀 5조장으로 위장해 그 일에 끼어들었다는 사실 역시 눈치 챈 상태였어요. 다만, 드러내지 않았을 뿐이죠."

우건은 고개를 끄덕였다.

오히려 이상하게 생각하지 않는다면 그게 더 이상할 터였다.

당시 3팀 5조장은 그가 지닌 실력에 비해 월등한 활약을 펼쳤다. 그리고 진짜 5조장은 누군가에게 수혈을 점혈당하는

바람에 밤새 추위에 떨며 잠을 자야했던 사실을 털어놓았을
터였다. 이 두 가지만으로도 의심할 근거는 충분했다.

우건이 물었다.

"그들은 알면서도 소저에게 새로 만든 5팀 지휘를 맡긴
거요?"

"맞아요."

대답한 진이연은 고개를 저었다.

"아니, 함정이라는 표현이 더 맞을 거예요."

"함정?"

"그들은 내가 5팀을 지휘하다보면 당신이 다시 끼어들
거라 예상했나 봐요. 그런데 실제로 그 예상에 따라 일이
흘러갔어요. 내가 혈림에 대한 정보를 흘리기 무섭게 당신
은 혈림 본타를 찾아내 그들을 일망타진했어요. 상황이 한
세동 때와 비슷하다면 부인할 수 있었을 거예요. 그러나 이
번엔 그때와 달랐어요. 내가 부하들과 함께 본타 2층에 올
라갔을 때는 이미 외총관과 내총관이 죽어 있더군요. 나는
부하들과 계속 같이 있었으니까 그들을 제거할 시간이 없
었어요. 그 말은 즉, 그들을 죽인 고수가 따로 있다는 뜻이
고요."

우건은 커피를 마시며 물었다.

"특무대 상부는 나에 대해 어떤 입장이오?"

"긴가민가하는 상황이에요."

"긴가민가?"

"당신이 적인지, 같은 편인지 아직 모르겠단 말이에요."

우건은 잠시 생각한 후에 말했다.

"그들이 그렇게 생각하도록 놔두시오."

"그들이 의심하도록 놔두라는 거예요?"

"그렇소."

"이유가 뭐죠?"

"나 역시 그들이 적인지, 같은 편인지 아직 모르기 때문이오."

진이연의 날카로운 눈꼬리가 살짝 치켜 올라갔다.

"설마 특무대의 목적을 의심하는 거예요?"

"그들처럼 나 역시 긴가민가해 하는 상황이오."

대답한 우건이 일어섰다.

"어쨌든 소저는 지금보다 강해질 필요가 있소."

"갑자기 그게 무슨 말이에요?"

"시간은 충분하오?"

엉겁결에 따라 일어난 진이연이 당황하며 물었다.

"오, 오늘은 비번이에요. 그런데 갑자기 왜 그래요?"

"잠깐 밖으로 나갑시다."

밖으로 나온 우건은 주변을 둘러보았다.

계곡 북쪽은 숲이 울창했다.

음식 값을 계산하느라 뒤늦게 나온 진이연이 물었다.

"내가 강해질 필요가 있다는 뜻이 무슨 말이에요?"

"말 그대로요. 소저는 지금보다 더 강해져야 하오."

"왜 그래야 하는데요?"

"강해지는 게 싫소?"

"나 역시 무인이에요. 강해지는 게 싫을 리 없잖아요."

우건은 몸을 돌려 진이연을 보았다.

"앞으로 나와 소저는 서로를 이용해야 할 일이 많을 거요. 한데 소저가 강해지지 않으면 그 기간은 길지 못할 것이오."

진이연의 눈꼬리가 휙 올라갔다.

"내가 임무를 수행하다가 죽을 거란 말이에요?"

"말이 그렇다는 거요."

방향을 정한 우건이 물었다.

"신법을 펼칠 수 있소?"

진이연이 자기 옷을 내려다보았다.

"펼칠 수야 있지만 치마를 입어서 속도가 빠르진 않을 거예요."

"그럼 내 손을 잡으시오."

우건은 진이연에게 손을 내밀었다.

잠시 망설이던 진이연이 우건이 내민 손을 잡았다.

진이연의 손은 부드러웠다.

그리고 따뜻하며 좋은 냄새가 났다.

우건은 진이연을 끌어당겨 그녀의 허리를 잡았다.

상체를 살짝 젖힌 진이연이 눈꼬리를 다시 치켜 올렸다.

"이렇게까지 할 필요는 없잖아요."

"시간이 별로 없소."

우건은 그녀를 허리를 끌어안은 자세로 섬영보를 펼쳤다. 주위 사물이 순식간에 바뀌었다. 주차장은 풀이 가득한 들판으로, 그리고 들판은 나무가 울창한 겨울 숲으로 바뀌었다.

조금 긴장해 있던 진이연은 몸의 힘을 풀어 우건에게 안겼다. 심지어 눈을 감은 후에는 팔을 뻗어 우건의 몸을 안았다.

우건은 그녀의 머리카락에서 풍기는 향긋한 샴푸냄새가 마음에 들었다. 그녀의 몸은 비단처럼 부드러웠다. 또, 고무공처럼 탄력 넘치는 그녀의 가슴이 그의 가슴을 압박해왔다.

그러나 우건은 동요하지 않았다.

진이연이 매력적인 여자긴 하지만 그에게 여자는 한 명이었다.

주위를 둘러본 우건은 적당한 공터를 찾아 멈춰 섰다.

"다 왔소."

우건에게 거의 매달려 있다시피 한 진이연이 그제야 눈을 떴다. 그녀의 하얀 얼굴은 어느새 노을처럼 붉게 달아

올라 있었다. 그리고 천천히 내뱉는 숨 역시 조금 거칠어진 듯했다.

우건에게서 몸을 뗀 진이연이 헝클어진 머리카락을 정리했다.

"날 왜 이곳에 데려온 거죠?"

"나를 상대로 은사탈명비도술을 펼쳐보시오."

진이연이 놀란 목소리로 물었다.

"내가 익힌 무공의 이름은 어떻게 알았어요?"

"한세동을 칠 때 당신 부하 중 한 명이 말하는 것을 들었소."

진이연이 거리를 벌리며 물었다.

"진지하게 펼치라는 거예요?"

"그렇소. 그리고 진지하게 하지 않으면 이 일은 의미가 없소."

"좋아요."

진이여은 코트를 벗어 원피스 차림으로 변했다.

노을처럼 짙은 붉은색 원피스를 입은 그녀의 모습은 감탄이 일 만큼 아름다웠다. 모델처럼 큰 키에 길쭉한 팔다리가 시원한 인상을 주었다. 그리고 몸에 찰싹 달라붙은 원피스는 요염한 분위기를 풍겼다. 그러나 진이연이 소매 속에서 은사가 달린 비도 두 자루를 꺼내는 순간, 분위기가 확 돌변했다. 미녀는 순식간에 냉정한 무인의 분위기를 풍겼다.

진이연은 비도 두 자루를 던져 우건을 본격적으로 공격했다.

쉬익!

은사를 조종할 때마다 비도가 살아 있는 생물처럼 허공을 갈랐다. 우건 대신 근처에 있는 나무가 애꿎은 피해를 입었다.

눈과 흙, 그리고 부러진 나뭇가지가 주변 3미터를 가득 채웠다.

우건은 선령안과 신법을 동시에 펼쳐 그녀의 공세를 피했다.

"정말 잘 피하는군요!"

손쉽게 피하는 우건의 모습에 화가 난 듯 공세가 날카로워졌다. 전에는 살기가 없었지만 지금은 짙은 살기를 동반했다.

우건은 하는 수 없이 호신강기를 끌어올렸다.

콰앙!

어느 순간, 비도와 호신강기가 부딪치며 폭음이 울렸다.

꽤 강한 충돌이었기에 우건 주위에 있는 눈이 위로 치솟았다.

우건은 뒤로 한발 물러서며 깨진 호신강기를 복구했다.

반면, 공세를 가한 진이연은 우건보다 큰 충격을 받은 듯 정신없이 뒤로 물러서다가 은사를 조정한 손목을 문질렀다.

"역시 대단하군요."

차갑게 내뱉은 진이연이 손으로 원피스 밑단을 찢었다.

움직이기 불편했던 모양이었다.

검은색 팬티스타킹을 입어 맨살이 밖으로 드러나진 않았지만 어쨌든 스타킹이 허벅지 위까지 드러난 상태였다. 평범한 여자라면 부끄러움을 느꼈을 법한 상황이지만 진이연은 오히려 이제야 살겠다는 듯 폭풍과 같은 공세를 취해왔다.

비도 두 자루가 비행하며 우건의 요혈을 집요하게 찔러왔다.

우건은 섬영보와 비응보를 연달아 펼쳐 그녀의 공세를 피했다.

그때였다.

진이연의 수법이 갑자기 바뀌었다.

비도 한 자루는 여전히 우건의 요혈을 노렸지만 다른 한자루는 우건 근처를 비행하며 은사로 팔이나, 다리를 감으려했다. 우건은 전보다 더 집중한 상태에서 공격을 피했다.

비도는 서로 임무를 바꿔가며 공격을 멈추지 않았다.

"이번에는 조심하는 게 좋을 거예요."

진이연의 말이 끝나기 무섭게 비도 한 자루가 더 튀어나왔다.

세 자루 비도가 정신없이 몰아쳐왔다.

우건은 그 모습을 보며 예전 기억이 떠올랐다.

다섯 자루의 비도를 신기에 가까운 솜씨로 운용하여 수십 명의 악적을 처단한 여중고수(女中高手)에 대한 기억이었다.

그가 상념에 빠져 있는 동안, 네 번째 비도가 튀어나왔다.

네 자루 비도가 정신없이 몰아쳐오는 모습은 장관을 넘어 경이에 가까웠다. 마치 수십 개의 비도가 날아드는 듯했다.

우건은 선령안으로 그녀의 표정을 살펴보았다.

입술을 깨문 듯 창백한 턱 밑으로 피가 점점이 흘러내렸다.

내력을 억지로 끌어올린 모양이었다.

그때, 네 자루 비도가 동시에 몸을 부르르 떨었다.

우건은 심상치 않은 느낌에 얼른 호신강기를 강화했다.

쉭쉭쉭쉭!

날카로운 소음이 네 차례 울리는 순간, 비도 끝에서 날카로운 경력이 검기(劍氣)처럼 뻗어 나와 호신강기를 두들겼다.

콰콰콰쾅!

폭음이 네 차례 연속 울렸다.

"이런."

우건은 호신강기가 뚫리는 모습을 보며 급히 몸을 날려 피했다.

퍽퍽퍽퍽!

우건이 피한 자리에 경력이 쏟아지며 눈과 흙이 비산했다. 우건은 섬영보로 3미터 이상을 벗어난 후에야 긴장을 풀었다.

우건은 선령안을 펼쳐 진이연을 찾았다.

진이연은 바닥에 엎드린 자세로 피를 토하는 중이었다.

좀 전 수법은 그녀의 실력으론 펼칠 수 없는 은사탈명비도술의 비기가 분명했다. 억지로 펼치다가 내상을 입은 것이다.

급히 진이연에게 날아가 그녀의 상태를 살폈다.

다행히 내상은 심하지 않았다.

명문혈에 내력을 주입한 지 얼마 지나지 않아 몸을 회복했다.

일어선 진이연이 나뭇가지에 걸어둔 코트를 가져와 걸쳤다.

"으으, 땀이 식으니까 정말 춥군요."

"왜 무리하게 공격한 거요?"

"내 한계를 알고 싶었어요."

"그래서 알아냈소?"

진이연이 쓸쓸한 표정으로 대답했다.

"조금은요."

우건은 잠시 하늘을 보다가 고개를 돌렸다.

"구도탈명비(九刀奪命匕)는 누구에게 배웠소?"

진이연이 몸을 떨었다.

추워서 떤 것은 아닐 터였다.

"어, 어떻게 알았죠?"

"강호를 행도할 때 다섯 자루의 비도를 신기에 가깝게 부리는 여중고수에 대한 소문을 들은 기억이 있소. 냉미화(冷美華) 당혜란(唐慧蘭)이란 이름이었을 거요. 원래 사천 당가(唐家)의 여식이었지만 우연한 기회에 전대 고수의 진전을 이은 후에는 가문을 나와 협녀(俠女)를 자처했다 들었소."

진이연이 몸을 돌리며 한숨을 쉬었다.

"당신 말이 맞아요. 절 가르친 사부님이 당혜란 그분이에요."

"그분이 이곳에 넘어온 이유는 알고 있소?"

"남녀의 연정(戀情)과 관련 있단 말만 들었을 뿐이에요."

대답한 진이연이 돌아섰다.

"사부님은 중원에 있을 때 구도탈명비 중 다섯 자루의 비도만 운용할 수 있었어요. 방금 나처럼 억지로 끌어올리면 일곱 자루까지 가능했고요. 그러나 지금은 아홉 자루의 비도를 자유자재로 사용할 수 있으세요. 무슨 뜻인지 알겠어요?"

"특무대를 적으로 삼지 말란 뜻이오?"

"해석은 당신 자유예요."

우건은 그녀와의 대화를 통해 특무대를 만든 고수들이 생각보다 많을지 모른단 생각이 들었다. 특무대의 다른 대원들이 쓰는 무공은 한 사람이 가르치기에는 너무나 다양했다.

물론, 우건처럼 태을문 33종의 절예를 모두 익히는 게 불가능한 일은 아니지만 보통은 몇 가지에 집중하는 법이었다.

진이연이 물었다.

"나에게 구도탈명비를 시연하게 만든 이유가 뭐죠?"

"구도탈명비는 분명 훌륭한 무공이오. 그러나 약점이 전혀 없지는 않소. 아마 약점을 보완하면 훨씬 더 강해질 것이오."

진이연이 놀란 토끼 눈으로 물었다.

"당신 눈에는 그 약점이 보인단 말인가요?"

"내가 무학에 통달해 그런 건 아니오. 나에겐 선령안이라는 수법이 있소. 기의 흐름을 세밀하게 볼 수 있는 수법이오."

우건은 그가 선령안을 통해 본 구도탈명비의 약점을 설명했다.

진이연의 눈이 점점 커져 거의 찢어질 듯했다.

"맙소사. 거기는 사부님도 평소에 아쉬워하는 부분이었어요."

우건은 구도탈명비를 보완하는 방법은 물론이거니와 그네에게 큰 도움이 되는 무리(武理) 몇 가지를 가르쳐 주었다. 그녀가 우건의 설명을 제대로 이해한다면 지금보다 한 차원 높은 고수로 성장할 터였다. 진이연은 날이 저물 때까지 궁금한 것들을 물었다. 그리고 날이 저문 후에는 차로 돌아와 계속 대화를 나누었다. 그녀에겐 1초가 금보다 귀했다.

서울로 돌아온 우건은 차에서 내리기 전에 봉투를 하나 건넸다.

진이연이 봉투를 열어보며 물었다.

"이건 메모리카드잖아요. 이걸 왜 나에게?"

"혈림 외총관과 거래하던 김진성을 기억하오?"

"영제의료원 후계자잖아요."

"그놈이 여자들을 살해한 장면이 찍혀 있소."

"예에?"

"이건 경찰의 일인 것 같아 소저에게 주는 거요."

눈동자가 정신없이 돌아가던 진이연이 급히 물었다.

"그럼 김진성은?"

우건은 대답 대신 주소 하나를 불러주었다.

"그 주소를 조사해보시오."

"내가 어떻게 해주길 바라는 거죠?"

"유족들에게 마음의 안식을 찾아주시오."

대답한 우건은 차에서 내렸다.

진이연이 떠난 후, 우건은 수연의원으로 돌아갔다.

한데 수연의원이 있는 삼거리로 들어가기 직전, 모자를 푹 눌러쓴 여자 하나가 무언가에 쫓기는 듯한 모습으로 달려왔다.

우건을 발견한 여자가 소리쳤다.

"도, 도와주세요!"

그때, 근처를 서행하던 검은 밴에서 덩치들이 내리기 시작했다.

〈3권에 계속〉